おばちゃん（?）聖女、我が道を行く
~聖女として召喚されたけど、お城にはとどまりません~

主な登場人物
イザーク・リンドベル
王城内で近衛騎士として王族の警護にあたっていたが、リンドベル辺境伯の依頼でミーシャを探すことに。
アルム神
話し方に特徴がある創造神。怒ると怖いが、懐に入ったものには優しい性格。
ミーシャ(美佐江)
病院で夫に看取られながら死ぬはずだったが、異世界に聖女として召還されてしまう。神様に特典をもらい、異世界で第二の人生を謳歌する。

イニエスタ・マートル
シャトルワース王国魔術師団の団長補佐。真面目な性格で、第二王子に対して忠誠心が強い。
ジーナ・リンドベル
リンドベル辺境伯の妻で、ミーシャ（美佐江）が転生した際に母親になるはずだった。出産に失敗し、心身ともに弱っている。
ヘリオルド・リンドベル
ミーシャ（美佐江）が転生していれば父親になるはずだった辺境伯。ジーナの神託を信じて、イザークにミーシャを探すよう依頼する。

Contents

おばちゃん(?)聖女、我が道を行く
～聖女として召喚されたけど、お城にはとどまりません～

実川えむ

イラスト
那流

プロローグ

体調不良を自覚したのは1週間ほど前。

もともと持病があって、いくつもの薬を飲んでいたけれど、なぜか一気に具合が悪くなった。

ここ最近、体力の低下を自覚はしていたものの、このように体調がひどくなったのは初めてだった。結局、通院していた病院に搬送され、そのまま入院。

そして今に至る。


薄暗く古びた病室に、ひどく耳障りな機械音がビービーと鳴り響いている。

うるさい、と声に出せるなら出していただろう。しかし実際には、人工呼吸器のマスクをしていても呼吸が苦しく、意識も朦朧《もうろう》としている私に、そんなことができるわけもない。

無表情な若い医師と看護師が、小声で何か話している。一方、ベッドの脇では、もうすぐ60歳になる夫が、年甲斐もなく涙を流しながら私の手を握り、すがりついている。

顔はボロボロのぐしゃぐしゃ。頭もすっかり薄くなってしまって、ずっと私なんかの看病をしていたせいで、身なりを気にする余裕もない。私よりもよっぽど家事が得意な、できた夫だ。

そんな夫と結婚して、既に20年を越えていた。この歳にもなれば、恋愛のような情熱はすっかり落ちついて、私たちはむしろ、親友のような、戦友のような関係になっていた。今思えば、それはそれで、居心地のよい関係であったと思う。

ともに生活してきて、ここまで泣き崩れた夫を見たことがなかった。普段の私だったら、呆《あき》れながらも、思わずクスリと笑ってしまっていただろう。冗談半分に、私がいなくなったら、俺も生きていけない、と散々言っていた夫。お願いだから先に死んでくれるな、とも言っていた。

でも、残念ながら、私のほうが先に逝《い》くことになりそうだ。

私たちの子供代わりの2匹の猫が気がかりだけれど、こんな人に任せて大丈夫なのだろうか。私がいなくても、あの子たちのために頑張ってくれなきゃ困るのに。

(……まったく)

笑みを浮かべる力もなく、ただ、困った人ね、と思ったのが、私がまともに考えることができた最後だった。

1章　転生するはずが、召喚されました

突然、どすんっ、と勢いよく、石か何かでできた硬い床に身体が落ちた。

そう、本当に突然。

「つぐは!?」

力なく息を吐き出すも、背中から腰にかけて強打したせいか、身体を動かすことができなかった。たとえ病気で体重が減っていたとしても、薄っぺらいパジャマだけでは、衝撃を吸収するわけもない。

『おお！　無事に召喚できたようです！』

誰かが何か叫んでいる。

『しかし、ずいぶんと痩せていらっしゃる……というか、ヨレヨレではないか？』

『そもそも、この皺皺《しわしわ》な老女が……本当に聖女なのか？』

『王子！　失礼なことをおっしゃらないでください』

『しかしな、聖女といったら若くて美しい女というのが、定説だろう？』

『王子！』

先ほどまで病室で、医師と看護師がいて、そして夫がさめざめと嘆いていたはずなのに、突然起こった周囲のざわめきに、頭が回らない。

ついに死んだのか、と自分でも思っていたのに、物理的な痛みで、三途《さんず》の川を渡る前に呼び戻されたことに気が付く。というか、三途の川まで辿《たど》り着いてなかったようだ。

ヒューヒューと弱い呼吸音を漏《も》らしながら、ゆっくりと目を開ける。

そこは、まるでファンタジー映画か何かで見たような、地下の洞窟に密《ひそ》かに作られた教会みたいな場所で、そのうえ、シェークスピアか何かの舞台劇の衣装のような服を着た外国人がいっぱいいる。

黒いローブを着た老人や、西洋の甲冑《かっちゅう》を着た人や、ご立派な髭《ひげ》を生やした偉そうなおっさんがいる。中でも、人一倍喚《わめ》いているのは、20代前半くらいのキラキラしい若者。

その誰もが口々に何かを言っているのだが、さっぱり意味が分からない。

英語でもないし、フランス語でもない。まぁ、どっちの言葉だったとしても、私にはよく分からないけど。ただ、私を指さして何かを言い合っているのは分かる。

常識外れな状況と、常識外れな人たちに、もしかしてお芝居？　とか思ってしまう。

（いつの間に病室をここまで変えたんだろう？　湿ったような空気感とか、出来すぎですごい。というか、早くベッドに戻してよ）

死にかけのわりに、そんなことをぐるぐる考えている私。その間にも、床から伝わる冷気で身体がどんどん冷えていく。長い間ベッドで寝ていた私に、自ら身体を起こす体力など残っていない。そんなこと気付きもしない役者と思われる外国人たちは、相変わらずギャースカ騒いでいる。その中で1人、甲冑を着た若者が、眉間に皺を寄せながら私をジッと見つめると、ローブを着た老人に話しかけた。

『何やら、体調が悪そうに見えますが……』

『なんですと⁉』

『ええいっ！　誰かっ！　誰か、治癒士を呼べっ！』

（うるさいなぁ……もう、いっそのこと死なせて……）

そう言葉にしたかったけれど、結局出てきたのは、かすれたような呼吸音だけ。そして私は、再び意識を失うのであった。


次に目が覚めた時、パジャマ姿の私は真っ白な空間にふわふわと浮かんでいた。

そう、なぜか、浮かんでいたのだ。

「え？」

私は無意識に声が零《こぼ》れる。思わずそれに驚いて、喉元を両手で触れた。普通に声が出る。さつきまでの息苦しさが嘘みたいに感じられない。

「え？　え？」

困惑している私の目の前に、不意に、シュンッという軽い音とともに1人の男性が現れた。

「ハァ〜イ？」

「……は？」

突然すぎて、固まる私。

見上げるように背の高い、白いチュニックに白く長いトーガを羽織った男性。見た目はまるでギリシャ神話に出てくる神様か何かのように、筋肉ムキムキ。そしてクリクリ金髪の碧眼《へきがん》、モデルばりの超イケメン……なのに、声はやけに高い……というか、裏返ってないか？

「もう、突然いなくなっちゃったから、心配しちゃったじゃな〜い？」

……オネエだ。

ちょっと拗《す》ねたような表情は、もっと子供っぽい子がやったら、かわいいと言えるのだろう。しかし、いかにも男性的なイケメンなのに、小指を立てて、くねくねしながら私に近寄ってくる姿は、残念すぎる。唖然《あぜん》としながら、私はその姿から目が離せない。

「……えと、どちらさん？」

思わず呟《つぶや》くように問いかける。

「あ、いきなりでゴメ～ン。えと、私、神様です」

「……は？」

「だぁかぁらぁ、神様でっす」

キラーンッという効果音とともに、Ｖサインを目元に、まるでアイドルか何かみたいにポーズを決めている。

まぁ、似合うといえば似合うんだろうけど……でも、ちょっとゴツイ。

「遠藤美佐江さん、でいいわよね？」

「は、はいっ」

急にキリッとした顔で名前を問われたから、私も自然とピシッと背筋を伸ばして答えてしまう。眼鏡でもかけていたら、クイッと直してそうだ。

「もうっ、こっちのやつらが余計なことするもんだからさぁっ！」

神様は、突然手元に現れた透明な薄いクリップボードに目を向けながら、ブツブツ文句を言っている。なんだか、その姿が病院でお世話になった看護師さんたちの姿と重なって、そのクリップボードにカルテでも挟まっているのだろうか、と思ってしまう。神様が私のほうへと向けた鋭い視線に、思わず、ビクッとなる。

「あのね、今回、こっちには召喚じゃなくて、転生するはずだったのよ」

「ほへ？」

神様がプンプンしながら発する言葉に、思わずポカンと口を開けて変な声が出てしまった。

「あいつらってば、せっかく、私が手に入れると決まってた魂を、横取りしやがったのよっ！」

……ムキーッという叫びを、生で初めて見たかもしれない。

顔を真っ赤にして怒る神様、ご尊名をアルム様とおっしゃるそうだ。

アルム様の話によると、世界は1つではなく、いくつもあって、その世界ごとに1人だけ管理する神様が存在しているそうだ。そして、このアルム様が管理する世界、私から見れば、いわゆる異世界は、私の生きていた地球のある世界からは、いくつもの世界を挟んで、だいぶ離れたところにあるという。

距離があるほど、文明の差が開くらしく、通常は、2つ、3つ隣くらい離れた、文明レベルがそれほど違わないところから転生させるらしい。そして、少し進んでいるところから転生した者がいると、その世界に緩やかな進化が起こるそうだ。

地球のある世界は、アルム様の世界よりもだいぶ上位にあり、文明レベルもかなり違うのだとか。そのため、下位の世界の中では、人気があって抽選になるそうだ。神様たちの抽選会を想像して、つい口元が緩んでしまう。あみだくじなのかな、それとも、くじ引き？　ガラポンとかだったら笑える。

今回、その抽選で地球のある世界から転生させる機会を得たアルム様。とても楽しみにしていたらしく、早い段階でマーキングをしていたのだそうだ。その対象が私だったという時点で、こんなおばちゃんでよかったのだろうか、と少しばかり申し訳ない気がしてくる。そして、死ぬ前から抽選していたことを思うと、あんなにすがりついていた夫を思い出して、なんともいえない気持ちになった。

せっかく転生者を譲っていただくということもあり、アルム様、感謝も兼ねて地球の神様にご挨拶《あいさつ》をしていたそうだ。神様同士、ちょっと話が盛り上がっている間に、タイミングよく、というか悪くというか、アルム様の世界の人間たちによって、私は死ぬ直前に、『聖女召喚の儀』なるものによって呼ばれてしまったそうだ。

普通、人間たちの行う召喚では、その世界に近い位置の世界の人が呼ばれるものなのだそうだ。それなのに、アルム様が私をマーキングしていたものだから、引っ張られやすくなっていたのだろう。すごく距離があるにもかかわらず、容易に召喚できてしまったというのだ。

真っ白い世界の中、気が付いたら、私たちはのんびり座ってお茶をしている。目の前のアルム様は、相変わらずプンプンしながら、私の前に紅茶の入ったティーカップを差し出す。

「本当に、ムカつくったらないわっ！」

白いテーブルに、白い華奢《きゃしゃ》な椅子。入院前のぽっちゃりしていた私だったら『壊してしまいそう』とか思ったかもしれない。今の私は病気のおかげで、げっそりやつれているので、そんな心配はいらない。

「それに、何あれ。美佐江のこと『皺皺の老女』とか言ってんのよ。勝手に呼び出したくせに」

「え、あれ、そんなこと言ってたの？」

「そうよぉ！　失礼しちゃうわよねぇ」

すっかり意気投合している私とアルム様。テーブルの上に載っているのは、いわゆるアフタヌーンティーのセット。美味《おい》しそうなお菓子や小さなサンドイッチに、自然と手が伸びる。

「本当はね、あなたは隣の国の辺境伯のところに、娘として生まれるはずだったのよ」

辺境伯がどういう地位かは想像できないけど、結構偉い人なんだろう。伯爵令嬢、という響きに、昔見たアニメの意地悪なキャラクターが頭に浮かんだ。いわゆるお嬢様、と呼ばれる存在だろうか。

「まぁ……それは、残念だわ」

「そのせいで、生まれるはずだった娘の身体は、魂が空っぽのまま。可哀想に、彼らにとって初めての子供だったのに、流産になるでしょうね」

はぁ……と、切なげにため息をつくアルム様。一方の私は、お気の毒に、と思いながら紅茶に口を付ける。自分の親になったかもしれない人、というだけで、何の接点もない。冷たいようだけど、正直、それ以上の感慨は浮かばない。

「それはそうと。一度、こっちに召喚されてしまったので、残念ながら改めて転生はできないの。まぁ、こっちで死んでしまえば、この世界の輪廻転生の流れに乗ることになるけど、そうなると、召喚によって得られた能力は失われてしまうのよ」

「能力？」

「そう。この世界は、美佐江の世界の中世くらいの文明レベルなんだけど、違いと言えば、魔法が存在するの。それと固有スキルというものもね」

「ま、魔法？」

ファンタジーだ！　海外のファンタジー小説や映画は好んで見ていたけれど、自分がそんな世界で生きることになるとは思いもしなかった。

魔法があるうえに、魔物とかもいるし、なんとダンジョンなるものもあるらしい。

「それじゃ、私って、どんな能力があるのかしら」

少しばかり期待して聞いてみると。

「浄化」

「え？」

「召喚されるのって、いわゆる『聖女』とか『聖人』って呼ばれる人なのよ。で、美佐江は『聖女』として召喚されたんでしょうよ」

「……私が……『聖女』？」

こんなおばさんが『聖女』？　自分の中でのイメージと違いすぎて、呆然《ぼうぜん》とする。

ちなみに浄化とは、ダンジョンなどから漏れる高濃度の魔素を減らしたり、魔素溜まりと呼ばれるものを消し去る能力のことを言うそうな。魔素溜まりからは、魔物が生まれてくるらしい。他にも、普通の動物の中にも魔素の影響を受けて魔物に変わってしまうものもいるらしく、それを防ぐには浄化が必要なのだとか。

「美佐江の場合、いるだけで中程度の都市の浄化が可能だと思うわ」

「ひょ、ひょえ〜」

全力で浄化をしたら、下手すると国ごと浄化できちゃうかも？　などと軽く言うアルム様。そんなことを言われても、想像できない。

（……でも、私、あっちで死にかけてなかった？）

元の世界での最後の記憶は病室で、息をひきとる寸前。そして召喚されてすぐ、痛みで目が覚めたけれど、すぐに息苦しくて意識を失っていた。

「ああ、それはね。召喚によって一部身体が改変されたのよ。普通の状態だったら、あれだけの距離だもの、見た目が若返っていたり、体力が増強されてたりするんだけど、美佐江の場合、死にかけの状態で呼ばれたから、そういったものが病気を改善するほうに向いたのね。それだって、死ぬ寸前だったんだもの、少しよくなった、という程度よ」

結局、召喚直後に治癒士が呼ばれて、病気のほうは治してもらったらしい。こっちには治癒魔法があるから、寿命を延ばすのは無理でも、大概の病気は治すことが可能なのだそうだ。すごい。魔法があれば死亡率とかも抑えられるってこと？　と思ったけれど。

「でも、治癒士を頼むには、高額の治療費がかかるのよ。だから、一般庶民には手が届かないわ。あなたの場合、王室お抱えの治癒士が呼ばれたようだけどね」

「マジっすか」

「マジマジ。だから今、あなたは王城の一室で寝ているはずよ」

アルム様は、綺麗《きれい》に整えられた眉を八の字にして、申し訳なさそうに謝った。

「本当なら、転生しても、前世の記憶はなく、他の人よりも少しだけ高い能力を持つだけのはずだったのよ」

前世の記憶を失っていたとしても、転生者には能力の高い者が生まれる傾向にあるらしい。心の奥底に刻まれた記憶とでもいうのか、新しい技術などを生み出す力が大きいそうだ。だから、その能力の高さをもって、少しでもこの世界の文明の底上げを図りたい、というのがアルム様の本来の目的だったとか。

「なのに、なんで『聖女』として呼ぶかな⁉　このままじゃ、美佐江、王家に飼い殺しよっ」

「か、飼い殺し⁉」

「そうよっ。あいつらは、自分たちの利益のためだけに、美佐江を呼んだに違いないわ！」

冗談じゃない！　飼い殺しとか、怖すぎる。なんとか逃げ出したい、と切に願う！

「美佐江には悪いんだけど、私が世界に直接干渉することは避けたいと考えているの。だーかーらー。お詫《わ》びに、私から色々と付けさせてもらうわ」

「な、何を付けるっていうの？」

「あなたがこの世界で、苦労しないで済むようなものよ」

ニコニコと笑うアルム様だけど、なんかこういう場合、神様は極端に走るというのが定番ではないか？　飼い殺しとは違う意味で怖い。

「えと、あの、ほどほどにしていただけると、助かるんですが」

「フフフ。それはあちらで目覚めてからのお楽しみね」

断れないのは、相手が神様だから、というだけじゃないだろう。たぶん、自分も不安なのだ。この世界の人間は、病人の私のことを『皺皺の老女』と言うくらいだ。自分がどういう扱いを受けるのか、想像したくない。

「ああ、そうそう、忘れるところだったわ」

そう言うとアルム様は立ち上がり、隣に立つと、片手をヒラリと私の頭上にかざした。すると、キラキラと光るものが降ってきて、その美しさに目を見張る。両手を広げて受け止めようとしてみたけれど、それはスーッと消えていく。

「これは？」

「せっかく、この世界に来たんだもの、第2の人生、十分に謳歌《おうか》してもらわなくちゃね」

バチリと大きな目でウィンクすると、今度は私の左手の手首をつかみ、優しく撫《な》でた。すると、そこに、クリスタルの数珠《じゅず》のようなものが現れた。

「変化のリストよ。美佐江なら、上手に使えるんじゃない？」

「変化？」

「今のあなたの姿は、これ」

そう言って空中に突然現れた大きな鏡には、私のパジャマをダボッとした感じに着た女の子が映っている。年の頃は12、３歳か。黒髪のショートカットに、少しつり目がちな二重の大きな黒い瞳。私の子供の頃に、少しだけ似ている気がする。

思わず首を傾《かし》げると、鏡の女の子も同じように首を傾げる。

「……まさか」

鏡の中の女の子の口の動きが、まんま自分のそれと重なって、目が大きく見開いた。

「あいつらに皺皺の老女だなんて、言わせないわよ」

「えぇぇぇぇぇっ!?」

満足げなアルム様の声に被《かぶ》せるように、私の叫び声が白い世界に響きわたる。

「もしも美佐江が若返ったことに気付かれたら、それこそ馬鹿共の餌食《えじき》だから、変化のリストで前の姿に戻させてもらうわ。他にも細々とした加護を付けといたから。詳しいことは、加護の一つの『ナビゲーション』で確認してね？　そろそろ起きるわよ。じゃ、頑張って！」

唖然とする私をしり目に、アルム様はチュッと投げキッスをすると、現れた時同様に、シュンッという音とともに消えていった。

「えぇぇぇぇ……」

白い空間に一人残された私は、眉間を八の字にして、力ない声を漏らすしかなかった。


やたらとチュンチュンと鳴く鳥の声。

「……うるさい」

無意識に出た自分の声に、軽く驚いて、目が覚める。そして、改めて自分が生きていることを自覚した。

あんなに病院で苦しい思いをしていたのに、今は普通に呼吸をし、声が出ている。そのことが嬉《うれ》しくて、ポロリと涙が零れた。大きく深呼吸できることが、たまらなく嬉しかった。

しばらく、その喜びを噛みしめていたけれど、鳥の声のうるささに意識がいくと、今度は自分が置かれている状況に目が向くようになる。

病院のベッドに比べると少し大き目だけど、ずいぶんと硬いベッド。そこに横たわりながら、部屋の中を見回す。狭くはないものの、決して広いとも言えない石造りの壁に囲まれた部屋。壁には飾りらしいものもない。高いところに小さな窓はあるものの、金属の格子《こうし》が嵌《は》め込まれ、容易には外に出られそうもない。うるさい鳴き声の主たちが数羽、窓際に居座《いすわ》っているようだ。薄暗くて少し埃《ほこり》っぽいこの部屋には、ベッドの他にはクローゼットと小さなサイドテーブルくらいしかない。

アルム様は、王城の一室と言っていたけれど、どう見ても牢獄《ろうごく》でしかない。

「この状態……監禁……ということですかね？」

横たわったまま、周囲を見渡し、ため息をつく。どれくらい眠っていたのかさえ分からないけれど、アルム様の話の感じでは、あまり好ましい状況ではないのだろう。これから先のことを思うと気持ちが暗くなる。

両手を布団から出して、天井に掌《てのひら》を向けてみる。細く筋張った手首に巻かれているのは、アルム様からいただいた変化のリスト。あれは夢ではなかった、と確信する。

そして、自分のパジャマではなく、クリームがかった色合いの服に着替えさせられていることに気付く。ずいぶんとシンプルだこと……というか、何かゴワゴワしていて着心地がイマイチ。これって貫頭衣《かんとうい》っていうやつだろうか。まるで、奴隷《どれい》か何かが着る服のようだ。そう思って、つい顔をしかめてしまう。

そして、再び自分のやせ細った両腕を見る。

今の私は、若返っていて、変化のリストでおばちゃんの姿に戻されている状態なのだろう。アルム様の言葉ではないけれど、いきなり若返った姿になっていたら、誰に何をされていたか分からない。それなりに経験も知識もあるおばちゃんだから、能天気《のうてんき》には考えられないのだ。

これからどうしようか、と思った時、部屋のドアのほうからガチャリという音が聞こえた。

私は慌《あわ》てて布団の中に手を戻すと、寝たふりを決め込む。

ドアが静かに開けられ、人が入ってきた気配がする。足音の感じで、1人だと分かる。

「まったく……なんで私がこんなのの世話をしなきゃいけないのよ……」

不服そうな若い女の声だった。

初めてこの世界に来た時にはさっぱり分からなかったのに、今の女の言葉はすんなりと理解できた。もしかして、これもなんらかのスキルのおかげなのだろうか。

「もう1週間も寝てるんだし、放り出してしまえばいいのに」

ブツブツ言っている文句の物騒さに、少なからず恐怖を感じた。というか、1週間も寝たきりだったことが驚きだ。その間、彼女が私の面倒を見てくれていたのだろうか、申し訳ない、と思ったのもつかの間、いきなり部屋の中で動く気配が止まった。確認したいが目を開けるわけにもいかず、ジッとしていると、ペラ、ペラと紙をめくるような音が聞こえてきた。訝《いぶか》しく思い、うっすらと片目だけを開けてベッドサイドのほうを見る。そこには私に背を向けて椅子に座った若い女の子が、掌より少し大きなサイズの本を手にしていた。よっぽど面白いのだろう、夢中で読んでいるようなので、私は勝手に彼女を観察した。

年齢でいえば、まだ20歳にもなっていないだろう。少し赤っぽい茶色の髪をまとめた横顔は、西洋人っぽい風貌。着ているのはメイド喫茶でコスプレしていた女の子たちが着るようなお上品な感じのメイド服。なるほど。アルム様の言う通り、時代設定的には、中世から近世くらいのヨーロッパってところなのだろう。

(それにしても、そこのメイドさん、仕事しないで読書ってどうなのよ)

部屋の掃除とかならいいが、今の状態で下の世話までされたら、私のほうが困る事態になりそうだ。私は観察をやめて、再び目を閉じる。

しばらくすると、今度は勢いよくバタンッという音とともに、再びドアが開いた。

（音がデカすぎて、びくっと身体が動いちゃったよ……だ、大丈夫かな）

同じように驚いたのか、メイドさんがわたわたしている気配がする。

「……様子はどうだ」

威圧的な感じではあるが、若い男の声がした。

「マ、マートル様……お変わりはございません」

メイドさんの声が若干、浮《うわ》ついて聞こえる。

「……そうか」

それだけ言うと、マートルと呼ばれた男は部屋から出ていったようだ。

「はぁ……びっくりした……でも、この仕事で唯一の慰めだわ」

メイドさんの嬉しそうな声。なるほど。そのためだけに、この仕事を受けているのか。マートルという青年、よっぽどのイケメンなのか。確かに、介護の仕事と思えば、仕事に使命感のない若い娘さんには酷《こく》かもしれない。といっても、何もしてないけど。

その後しばらくして、メイドさんも部屋を出ていった。きちんとドアに鍵をかけて。

彼女が出ていってから、しばらく待った。頭の中で百まで数えてみたけど、誰も部屋には入ってこない。

「ふぅ……」

私はようやく、思い切り息を吐き出した。寝たふりも楽じゃない。

「さて、私はどうしたらいいんだろうね」

ゆっくりと身体を起こすと、ベッドから降りてみた。

「うぉっと!?」

予想よりも高さがあったせいで、思わず声が出る。慌てて口元を手で抑えたけど、ドアは開かない。思わず、ホッと息を吐く。

変化のリストのおかげで私の見た目は病人だけど、アルム様のおかげで肉体年齢は若返っている。本来なら、寝たきりのせいで筋肉が落ちていて、まともに立てるわけがないのだ。

素足でペタリと立つ。床も石材なのか、ひんやりしている。これは、夜とか寒そうだなぁ。寒いというだけでなく、このまま、ここに居続けるのも、なんとなく危険な気がする。メイドさんは『放り出してしまえば』などと言っていたが、そのうちそれが本当になりかねない。

アルム様の言うように『聖女』の仕事をさせようとしていたのかもしれないけれど、こうして寝たきりじゃ使いものにならない。いつか捨てられる可能性が高い。だからといって、起きて利用価値があると判断されたら、道具として死ぬまで利用されそうな気がする。

「なんとかここから抜け出さないと」

ふと、アルム様の言葉を思い出す。加護の一つとして付けてくれたという……

「『ナビゲーション』て」

なんだろう、と言葉を続けようとしたら、ビュンッと目の前に、ノートパソコンくらいの大きさの半透明の画面が現れた。

「えっ⁉　な、なにこれ」

びっくりしている私をよそに、画面につらつらと文字が現れていく。

『こんにちは。ナビゲーションシステムへ、ようこそ』

なんか、ゲームかなんかで出てくるオープニングのメッセージのようだ。といっても、私がやったことがあるのはテレビゲームと言われていた時代……思わず、苦笑いが浮かぶ。

『ご質問などございましたら、お呼び出しください』

「なるほど……」

画面を見るが、特別なメニュー画面とかの表示はない。

「ううん……これからどうしたらいいんだろ……」

『まずは、ナビゲーションシステムの使い方から、ご説明しましょう』

まさかの画面の反応にびっくりしながら、私はベッドに戻り、じっくりと説明を読んでいく。

とりあえず、呼び出しはそのまま『ナビゲーション』と言えばいいらしい。

そしてこの画面、呼び出した本人にしか見えない。だから、そばに誰かがいても呼び出し可能。迷った時の『ナビゲーション』様だ。機能としては、ステータス情報、この世界の一般常識、地図情報の3点が得られるらしい。ただし、あくまでナビゲーション。情報はもらえても、判断するのは自分、ということ。ありがたいけど、厳しい。

「じゃあ、その、ステータスっていうのは……」

私の言葉に急に画面が変わる。

遠藤美佐江／47歳
種族／人間
性別／女性
職業／聖女・アルム神の愛し子
スキル／浄化（異世界からの転移時のみの付与）・翻訳・鑑定・隠蔽《いんぺい》
魔法／生活魔法・火魔法・風魔法・水魔法・土魔法・光魔法・闇魔法・空間魔法
加護／アルムの加護
装備／変化のリスト

召喚されたから『聖女』というのは理解できる。納得はしないけど。それに『アルム神の愛し子』って何？　そして、なんか予想していたのよりも、色々付いていないか？

アルム様は、確か召喚では浄化しかついてないと言っていたはずだけど、翻訳や鑑定、それに隠蔽なんていうスキルが付いている。

先ほどのメイドさんの言葉が分かったのは、翻訳のスキルのおかげのようだ。それに鑑定と隠蔽というのはどんなスキルなのだろう。不思議に思って『鑑定』という文字を指先で触れてみると、その下に文字が現れた。

『鑑定：全ての人・物についての情報を調べることができる』

「お、おおお。何、これって触れると意味が出てくるの。じゃあ、『隠蔽』は……」

『隠蔽：スキル所有者の情報・存在を隠すことができる』

「な、なんと。もしかして、これでここから逃げられたりする？」

逃亡の可能性が見えてきて、少しだけ期待してしまう。

次に魔法のリスト。『魔法』の文字をタッチすると、さっきと同じように色んな魔法の名前が現れた。その中から例えば、『生活魔法』を選ぶと、『ライト、洗浄（クリーン）、ウォーター』というように。だけど、薄い文字の魔法の名前もいくつかある。これは、使えないってことだろうか。そもそも、魔法ってどうやって使うのだろう。

私は試しに「『ライト』」と小さな声で唱えた。すると目の前にポワンとピンポン玉くらいの小さな光の球が浮かぶ。それがフヨフヨと小さく震えている。

「すごい……じゃあ、『クリーン』」

サーッと自分の周囲が清々《すがすが》しい気分になった。これで、綺麗になったってことなのだろうか。さっきまでの埃っぽさが減った気がする。メイドさん、何もしないでくれてありがとう。

「うわぁ……便利だわ」

続いて「『ウォーター』」と唱えると、『ライト』と同じくらいの大きさの水の球が浮かんだ。

私は、今更、喉が乾いていることを自覚して、その水の球に口を近づけ、少しだけ飲んでみる。

「お、おいしいっ」

少し冷たいその水を、私はパクリと飲み込んだ。

「はぁ……」

久しぶりに飲んだ水に、ため息をつく。すると、クゥ～と小さくお腹が鳴った。

「うっ、お腹がすいたけど……ここには何もないのよね」

サイドテーブルにも何も置かれていない。そもそも寝たきりだったのだから、食事が用意されているわけもない。どうしよう、と考えていると、開いたままだった画面の『空間魔法』が点滅している。指先でそれに触れると、魔法の名前が表示された。

「……おお、アイテムボックスなんてあるのね」

するとと私の言葉に反応するように、一回り小さな画面が現れた。アイテムボックスの中に入っているものが表示されるようだ。リストを見てみると、なんと、干し肉やパンなどの食べ物が入っている！　それに、体力と魔力の回復薬なるものまで。もしかしてファンタジーの定番、いわゆる、ポーションとかいうやつだろうか。

私はとにかく空腹を満たしたくて、干し肉とパンを1回ずつ、ポチッと押してみる。するとアイテムボックスから自分の膝の上にポスンと現物が落ちてきた。

干し肉は掌よりちょっと小さめな、いわゆるビーフジャーキーみたいなもの。硬くて何度も噛んだせいで、顎《あご》が疲れた。パンも日本の食パンのように柔らかいものではない。たぶん、この世界での一般的なパンなのだろう。これも掌サイズでころりとした丸い形状で、干し肉同様に硬かった。それでも何もないより、よっぽどマシだ。

両方とも乾燥しているせいで、水分が欲しくなる。試しに、体力回復薬も飲んでみた。味は薄いサイダー味、とでもいえばいいだろうか。まずくはなかったけど、体力が回復したという実感はわかない。飲み終えた空き瓶をこのまま捨てるわけにもいかず、仕方なしにアイテムボックスへ戻して、私はようやくホッと一息つく。

そしてリストの一番下に載っていたのは『アルムからの手紙』。

読まないという選択肢はないから、アイテムボックスから取り出してみた。薄いピンクのラブリーな封筒に苦笑いし、私は中身を開けて読み始めた。

『美佐江へ
時間がなかったものだから、説明がきちんとできてなくてごめんなさいね。この手紙を読んでいるということは、『ナビゲーション』をちゃんと使いこなしているのでしょうね。
アイテムボックスの中には、とりあえずの食料とポーション、お金を入れておいたわ。
まずはお城から抜け出して、隣の国のリンドベル辺境伯の元へ向かいなさい。あなたの父親になるはずだった人よ。健闘を祈るわ！　アルムより』

——リンドベル？

そもそも隣の国というのは、どこにあるのか。だいたい、この国のことだって分かっていないし……ああ、そういえば、ナビゲーションに地図情報があったはず。

するとすぐに大きな地図が現れた。どうも、私がいる国とその周辺国が表示されている模様。

一応、首都のようなところの他、いくつかの町？　街？　と大きな街道らしき線が引かれている。そして、首都と思われるところには赤い旗が立っている。

「これって……もしかして現在位置ってことかしら」

しかし、どこにその『リンドベル辺境伯』がいるのか全然分からない。

「じゃぁ……リンドベル辺境伯」

すると、緑の旗が現れた。その場所は意外にも近いところにあった。首都らしき場所から大きな森を挟んだ向かい側なのだ。隣国だというのに、首都の位置がこんなに近くでいいんだろうか、と心配になる。友好国ということなのだろうか。縮尺が分からないけど、見た感じ、この距離ならすぐに向かえそうな気がする。

私はアルム様の手紙を折りたたみ、再びアイテムボックスへと戻す。戻す時は、単純に戻れ、と思えばいいらしい。するとアイテムボックスの画面の表示内容も変わっていた。既に読んだものには『既読』のマークが付いている。

「おお……便利ね。でも、物が増えてきたら、どうしたらいいんだろう……」

画面を見つめていると、サイドメニューがあることに気付く。よくよく見ると自分が分かりやすいように分類を作ることもできるみたい。まるでメールソフトのフォルダーみたいだ。

(アルム様、よっぽど地球の文明が気に入っているみたいだわ)

そう思ったら、ちょっとだけ笑ってしまった。

「さて、まずは、ここからどうやって抜け出せばいいのかしら」

うーん、と唸《うな》りながら、私は天井を睨《にら》みつけた。

2章　王都から脱け出してみせます！

天井を睨んでいても、答えなど出はしない。私は再びベッドから出ると、裸足《はだし》でペタペタとゆっくり部屋の中を見て回った。

出口になりそうなのは、ドアと高い位置にある格子の嵌まった小さい窓。そこから見えるのは、薄曇りの白っぽい空。格子は金属でできているようで、簡単には壊れそうもない。空しか見えないということは、この部屋自体、高いところにでもあるのだろうか。

やはりドアから出るしかなさそうだ。でも、外から鍵がかかっている。何度か声を出しても、誰も確認にこないから、外には誰もいない可能性もある。ドアに耳を当ててみるけど、ドアが厚いのか全然音が聞こえない。

火魔法でドアを吹き飛ばすことはできないか、などと、少しだけ乱暴なことを考えたりもした。他にも、風魔法で切り刻むとか、水魔法で穴を開けてしまうとか。

だけど、破壊した音とかで騒ぎに気付かれて人が集まってきそうだし、追いかけられて簡単に捕まりそうな予感しかしない。そもそも練習もしていない魔法など、どの程度の規模のものになるのか予想がつかない。意外と、チロッとした威力しかない可能性もある。悩みながら、ステータスの画面に目を向ける。

なんとか暴力的でも危なそうでもない魔法はないだろうか。こう、静かにひっそりと逃げ出せるような。色々と見ていくけど、簡単に脱出できそうな魔法は空間魔法の『転移』くらい。でも、文字が薄くなっている。今は使えないということか。気になったので説明を読んでみると、一度訪れたことのある場所で旗みたいなマーカーを付けとかないとダメみたい。残念。

「隠蔽スキルがあるから、部屋から出られれば、なんとかなると思うんだけど……」

いつ誰が入ってくるか分からない状況の中、ステータス画面で魔法のリストに目を向ける。

一つ一つチェックしていくと、闇魔法の中に『スリープ』を見つけた。相手を眠らせる魔法だ。何もなければ相手によっては最低1時間くらいは眠ってしまうのか。これは使用可能みたい。そして、自分の手首にある、透明なクリスタルの数珠……変化のリストが目に入る。

「あっ」

（……これ、使えるかもしれない）

そう思った私は、ワクワクしながら掛布団を引き上げて、ナビゲーションで魔法の使い方を調べながら、次に来るはずのメイドさんを待った。

最初のうちは、ポチポチと魔法の使い方とか、変化のリストの使い方を調べながら待っていたのだけれど、たとえ硬いベッドでも横になってしまったせいか、自然と瞼《まぶた》が落ちてきて、いつの間にか、寝てしまっていた。

目が覚めた時には窓の外が赤くなっていた。その間、誰かが入ってきたとしても気が付かなかったと思うが、きっと誰もこなかったのだろう。ナビゲーションの画面は、私が眠ると同時に消えていたらしい。

空腹を覚えた私は、アイテムボックスから干し肉を取り出し、むしゃむしゃとしゃぶり始める。干し肉がようやくふやけてきたかな、という頃、ドアの鍵が開く音がした。タイミング悪いな、と思いつつ、こっそりと干し肉をアイテムボックスにしまいこむ。

寝たふりをして、誰が入ってきたのか薄目を開けて見てみる。今朝と同じメイドさんではなかった。ちょっとぽっちゃりした感じの、もう少し年のいった別のメイドさんのようだ。

彼女がドアを閉めてベッドの近くまで来た時『「スリープ』」と呟くと、メイドさんは言葉もなく、私の寝ている上に倒れ込んできた。

「うえっ」

勢いよく倒れてきたものだから、思わず下品な声が漏れる。私はメイドさんの下からなんとか抜け出すと、彼女をベッドに寝かせる。ぽっちゃり、侮りがたし。思いのほか、重かった。

私は仰向けに寝ているメイドさんをジッと見つめる。30代半ばくらいだろうか。まぁ、私に比べれば、だいぶ若いけど、化粧で隠していてもうっすらと目元に隈《くま》とかが見える。なんだか苦労していそうな顔だ。

メイドさんの姿を目に焼き付けると、私は手首にある変化のリストを右手で握り込み、彼女の姿を思い描いた。

ふわん、と身体が柔らかい風に包まれる。

「ふぅ……」

大きくため息をついた私は、両手を差し出し、身体を見下ろしてみる。

「よかった……ちゃんとメイド服着てる」

くるりと回ってみると、長く黒いスカートとエプロンが翻《ひるがえ》る。こんな格好、人生で初めてかも。鏡がないから全体の確認ができないし、顔も分からないけど、下を向いていればなんとか誤魔化《ごまか》せるんじゃないか。甘い考えかもしれないけれど、今、ここで逃げなきゃ、次の機会があるか分からない。

「よし、気合よ、気合」

うっし、と声を出して、大きく深呼吸。私はドキドキしつつ、ドアをゆっくりと開きながら、部屋から一歩踏み出した。

誰かいるかも、と半分くらい思っていたけれど、その予想は完全にはずれた。このフロアは私がいた部屋だけのようで、ドアを開けるとすぐに、下に降りる階段が見えた。

私は足音をさせないようにゆっくりと階段を降りていく。ぐるりぐるりと回っているあたり、ここは塔のようなものなのだろう。途切れることなく階段ばかりが続いていく。壁には明かり取りの小さな窓があるけれど、今の私の背の高さでは覗くことができない。灯りがないせいで、既に足元が暗くなってきている。壁に手を当てながらも、急いで出口を見つけなければ、と気がせいてしまう。

しばらくして、下のほうが明るくなっているのに気が付き、少しだけ足早になる。たぶん出口だろう。これまで誰とも出会わなかったのは本当にラッキーだ、などと、気が抜けそうになった時、出口のところに人影が見えた。誰かが立っているみたい。やっぱり、そう簡単にはいかないのか。

緊張のために、ゴクリと唾《つば》を飲み込むと、ゆっくりと出口をくぐる。相手を意識しながら、小さく会釈をする。目の端に映ったのは衛兵が2人。私の会釈に反応もせず、前を向いている。ふと、前にテレビで見たイギリスかどこかの宮殿の前に立っている衛兵を思い出した。

外は既に日が落ちている。出入り口にかがり火があるおかげで、周辺は少しだけ明るい。塔のすぐそばには黒々とした大きな建物があった。うん、たぶん、ここが王城だろう。

この塔とは直接は繋《つな》がっていないようで、建物の周囲は高い木と、それよりも高い城壁に囲まれている。部屋の窓からこれが見えなかったということは、塔は相当高かったってこと。振り向いて確認したいところだけど、衛兵がいるからそれもできない。そもそも、どうやって、この敷地から出ればいいのか、内心、焦りながらも、そそくさと塔から離れる。

なんとか衛兵から見えないところに来たので、思い切り息を吐いた。

木々の間から、裏口のような木のドアが見える。そこには衛兵は立っていないし、かがり火もない。他に逃げ道らしいものはない。とりあえず、この建物に入らないとそもそも王城からは出られない、ということなんだろうか。

私は顔を両手でパチリと軽く叩いて再び気合を入れた。目の前の道を進むしかない。ドアの向こうに人がいませんように、と祈りつつ、私は静かにドアを開ける。幸いなことに、そこには誰もいなかったので、すぐに隠蔽のスキルを発動した。これで、誰にも見つからずにいられるはず。薄暗い廊下を静かに進んでいく。

少しすると、なんともいえない美味しそうな匂いがして、人のざわめきが先のほうから聞こえてきた。思わず、足が止まってしまった。

「ううう、どうしよう」

隠蔽のスキルを使っているから、誰にも気付かれないはずだけど、正直、確証はない。でも、このままここにいるわけにもいかない。ともかくこの王城から出なくては！

「……そうだ、地図情報って、小さい範囲では使えないのかしら」

さっき見たのは国単位の大きな地図だった。だけど、普段はあんなサイズで使うことなんかなさそう。あの時は、私がリンドベル辺境伯のことを知りたかったから、あの縮尺だったのかもしれない。

私はナビゲーションを再び呼び出し、地図情報を開いた。デフォルトは国単位のサイズで表示されるみたいだけれど、画面のサイドに縮尺表示があるのに気が付いた。

「やっぱり」

指先で私のいる位置にある赤い旗を中心にして、縮尺を一気に大きくすると、まさに、この建物の内部の地図が表示されたのだ。すごい！

私が立っている場所の周辺は、どうも厨房《ちゅうぼう》と召使たちの休憩室の間のようだ。この時間は夕食の準備で人が集中しているのかもしれない。

「これ、出口に向かうまでのナビとかないのかしら……えっ」

そう思っただけで、赤い点線が表示された。私のいる位置から見ると、反対側。それも、いくつか曲がりくねっていかないと、大きな廊下にも出られないっぽい。

「じゃ、じゃあ、人の位置とか？」

今度は黒い点が浮かんで、ゆっくりと動いている。これなら、人の少なそうなところを目指していけば、ストレス少なめで移動できそうだ。まずは現状を確認すると、厨房に人が集中している。その近くには食料倉庫があるようだ。

(どうせなら、少しばかりちょろまかしたいところだけど……そう簡単にはいかないか)

そう思いながら歩いているうちに、厨房は目の前。好奇心に勝てずに覗き込んでみると、すごくわちゃわちゃしている様子。怒鳴り声とか聞こえて、ドキッとする。すると突然、若い男の子が厨房から勢いよく飛び出してきた。何事かと思って彼の様子を見ていると、そばの食料倉庫に飛び込んで、すぐさま何かの入った袋を持って出てきた。ドアを閉めるそぶりも見せずに。

(……もしかして、ドアとか鍵とかないってことかしら)

私が悪い顔でニヤリとしたのは、言うまでもない。

案の定、食料倉庫の入り口にはドアはなかった。私にしてみればありがたいことだが、食べ物を扱うのに、これでいいんだろうか。他人事だけど、ちょっと心配になる。

入ってみると、色々な食料が棚に並んでいる。どれを持ち出すべきか悩ましかったけれど、結局、目についた大きな麻袋を手当たり次第にアイテムボックスに突っ込んでいく。

「……あら、空っぽになっちゃったわ」

勢いでやったとはいえ、結構、私も怒っていたようだ。でも、戻すつもりはない。

（ここの人間がどうなろうと、知ったこっちゃないわ。死にかけとはいえ、勝手に召喚したんだから、ちょっとくらい困ればいい。これだけ食料があれば、しばらくはなんとかなるかな）

再び、ナビゲーションの画面で地図を確認する。大きな広間に人が集まっている。そのせいなのか、通路を動く人はまばらだ。行くなら、今がいいかもしれない。食料倉庫から顔を出し、あたりに人の姿がないのを確認すると、私は足早に通路を歩きだす。

この時間でも、使用人らしき人たち以外にも、お貴族様っぽい人や、地味な文官っぽい人たちが通路をうろついている。何回か人とすれ違うことはあったが、誰も私の存在に気付かない。隠蔽スキルすごい。

いくつかの角を曲がった時、タイミングがいいことに、くたびれた感じのおじさんが１人、出口に向かって歩いているのが目に入った。私はこっそり、その人の後ろをついていく。

（このままついていけば、何事もなく出ていけそうじゃない？　ついでに街の中まで行ければ御《おん》の字だ）

そう思ったけど、それは甘かったらしい。

「メディアス卿」

少しばかり偉そうな声が、目の前のおじさんに向けられた。

黒いローブを着た、なんだか不健康そうな若い男性だ。その男性が、おじさんの背後……まさに私のほうに訝し気な視線を向けてきた。

(ま、まさか、見えているの?!)

私はピキンッと固まったまま、動けない。額に冷や汗が浮かぶ。

「あっ、ああ、マートル様……」

マートル? どこかで聞いた気がするけれど、そんなことを悩んでいる場合ではない。上司か何かなんだろうか、おじさんが、そのマートルとかいう男性にへこへこと頭を下げている。

その肝心のマートルの視線は、すぐに私から外れて、おじさんへと向かい、話し始める。それからは一度も私のほうへは目が向かない。

(……だ、大丈夫ってことかな)

ホッとした私は、ここにいても仕方がないので、おじさんを追い越して出口へと歩きだす。

(見えてない、見えてない)

そう、自分に言い聞かせながら。

完全に日が落ちた街の中を、隠蔽スキルを発動したまま、私はトボトボと歩いている。煌々《こうこう》と照らす月明かりのおかげで、なんとか歩けるものの、時折、石畳の上をガタゴトと音を立てながら馬車が脇を通りすぎるのを、身体を小さくして壁際へと身を寄せて避けなければならなかった。

少し疲れた私は、脇道にある小さな店の軒下《のきした》でしゃがみこんだ。ナビゲーションで地図を開いて、自分の現在位置を確認する。

貴族街を抜け、商業地区と一般庶民の住宅との境目まで来ていることは分かった。時間も時間だからか、店などどこもやっていないし、人の姿もほとんど見かけない。運よく王城から出ることはできたけれど、このまま王都にいるわけにはいかない。どういったきっかけで見つかるともしれない。

(というか、あいつら、私のことなど探さないか。ずっと寝たきりだったんだもの。いなくなって清々《せいせい》したくらいに思っているかもしれない)

「とりあえず、ちょっと落ちついて考えなきゃ……」

逃げだすことばかり考えていて、今の自分の格好を忘れていた。

「さすがにメイドの姿のままってわけにもいかないわよね。どこかで彼女の知り合いと会うかもしれないし……でも、変化を止めて貫頭衣で歩き回るわけにもいかないし。どうしよう……」

困ったなぁ、と頭を抱えていると、ナビゲーションが「ピコンッ」と音を立てた。

「うえっ？」

人がいないとはいえ、思いのほか大きな声が出てしまったことにびっくりする。キョロキョロと周囲を見回すが、誰もいなくてホッとする。

何だろう、と見てみると、ナビゲーションの上のほうで、チカチカと何かが丸く光っている。

それに触れてみると、いきなり、アイテムボックスの中身の一覧が表示された。

さっき馬鹿みたいに食料を突っ込んだせいで、食料品の名前がダーッと並んでいるのに気が付いてゲッソリする中、リストの一番下に『アルムからの手紙（未読）』が燦然《さんぜん》と輝きながら追加されているのに気が付いた。

「今頃、なによ……」

アイテムボックスから手紙を取り出して、読み始める。

『ゴメ～ン。すっかり忘れてた。美佐江の服！　一応、地球でよく着てたのがいいのかなーって思って、似たようなの入れといた！　まぁ、美佐江なら、何を着ても似合うだろうけど。テヘ♪』

入れといたって、リストには入ってなかったけど、と思ったら、いきなりボフンッと手紙がグレーの風呂敷包みへと変わったものだから、慌ててそれを抱え込む。

（アルム様ぁぁぁっ！　こういういきなりとか、心臓に悪いんですけどっ！）

ドキドキしたまま、私はその風呂敷包みを開いてみる。何やら洋服らしきものが折りたたまれているようなのだけれど、こんな暗がりの店先で広げるわけにもいかない。

よく見ると、グレーの風呂敷包みは大きめなマントのようだ。私は洋服類をアイテムボックスに仕舞い込むと、グレーのマントを羽織ってみた。それはフード付きで、丈《たけ》はちょうど私の脛《すね》の半ばくらい。

「……え」

(なんで、脛が見えてるの？　そして、裸足？　あれ、足、小さくない？)

「ヤバい。もしかして変化が解けてる？」

無意識に漏れた自分の言葉に、一気に、頭から血が引く。服を着替えるとかすると、変化って解けるものなの!?　ということは、今の私、子供バージョン!?

「ああ？　誰だい、うちの店の前にいるのは」

1人で慌てていると、不機嫌そうな老婆の声が聞こえてきた。

(ええ、まさか、隠蔽スキルも消えちゃったのっ!?)

声をかけてきたのは、大きい通りからではなく、脇道の奥のほうからで、現れたのは、黒っぽいフード付きのローブを着たおばあちゃん。私よりも少し背が高いせいか、手元のランタンの灯りで、若干赤くなった顔を見ることができた。

「まったく、人がほろ酔いのいい気分で帰ってきてみれば……ほれ、さっさとおどき」

「あ、す、すみません」

酔っ払っているせいか、不機嫌さが増している気がする。絡まれるのはまずい。私はその場から離れようとしたのだけど。

「ん？　なんだね、子供かい。ダメだろ、こんな時間にうろついちゃ」

そう言っておばあさんは私の腕をつかんだ。その手が意外に力強くて、ビクともしない。

「あんたの家はどこだい」

「あ、いや……」

「なに、家出かい」

「いえ、そういうわけじゃ」

「じゃぁ、孤児かい。まったく、お上《かみ》は何をやってるんだか……王都にだって孤児院は必要だってのが分かってないんだ……ほら、うちにお入り」

酔いのせいなのか、ブツブツと文句を言いながら、まったく人の話を聞こうとしない。

（というか、子供とはいえ、いや実際には子供でもないけど！　安易に部屋に上がらせていいのか、おばあちゃん！）

鍵を開けて店の中に入っていくおばあちゃん。店からは微かに枯れた植物のような匂いが漂ってきた。

「『ライト』」

おばあちゃんは魔法で灯りをともすと、私をかなり強引に家に引っ張り込んだ。その勢いで、ローブがはだけて中が見えてしまう。

「あれま、そんな短い髪をしてるのに、あんた男の子じゃないのかい。それに、その格好！　なんだい、なんだい、お前さん、どこかから逃げてきたのかい」

おばあさんは私の格好を見て驚いた。まぁ、確かに、粗末な貫頭衣に素足の子供がいれば、そう判断されたって仕方がない。しかし、髪が短いだけで男の子と間違われるとは。もしかして、この世界って、女性は長い髪が必須なのだろうか？

「一気に酔いが覚めちまったよ。ほれ『クリーン』」

キラキラと何かが私の周りを舞っている。人から自分に魔法をかけてもらうのは初めてだから、新鮮だ。周囲を見回してみると、乾燥した植物がぶら下がっていたり、液体の入った小さな瓶やら掌サイズの壺《つぼ》が並べられている。これはいわゆる薬局みたいなところなんだろうか。

「ところで、あんた、飯は食ったのかい」

「えと……」

干し肉を夕飯といっていいのか迷ってると、おばあちゃんは勝手に解釈したのか、店の奥へと入っていく。

「ほれ、入っておいで」

このまま、逃げてしまってもよかったかもしれない。だけど、この世界で、初めてまともに会話をした人だっただけに、私は迷ってしまった。気を使ってもらえたことが、ちょっとだけ、嬉しかったから。

私はため息をつくと、そのまま、店の奥へと入っていった。

おばあちゃんの店に連れ込まれて、気が付いたら3日経っていた。

「ほれ、ミーシャ、裏の棚からモギナの束、取ってきておくれ」

「あ、はーい」

私の『美佐江』という名前が呼びにくいらしく、ガラにもなく『ミーシャ』と呼ばれている。正直、日本人的には抵抗があるけど、『さ』の音が発音できないと言われれば仕方がない。

本当はすぐにでも王都から逃げ出して、リンドベル辺境伯の領地へ向かいたかった。

私がいなくなったことを、王城では気付いているはずだ。いい加減、あのメイドさんだって起きているはず。それなのに、逃亡の話以前に『聖女召喚』の噂すら聞こえてこないのだ。よっぽど極秘な話ってことなんだろう。

「どれ、ちょっと冒険者ギルドに行ってくるよ。店番頼むよ」

「あ、はい」

おばあちゃんに私の返事が聞こえたかどうか怪しいが、さっさと店から出ていってしまった。

近所のおばさんの話によると、おばあちゃんのところにいた手伝いの子が、私がこの店にくる前に辞めてしまっていたらしい。確かに、おばあちゃん、普段は言葉が少ないし、怒ると結構キツイ言い方になる。子供にはちょっと辛《つら》いかもしれない。まぁ、精神はおばちゃんの私だからこそ、聞き流せる部分があるんだろうけど。

そのせいなのか、この短期間で、すっかり売り子状態になってしまっている。おかげで、この国の金銭感覚や、調薬に絡んだ植物や魔物の話、食べ物の話などを教えてもらった。その影響か、スキルに調薬や料理なんてのも追加されていた。これもアルム様の加護の賜物《たまもの》なのだろうか。

今の私は、ちょっとくすんだ緑色のワンピースを着ている。おばあちゃんが近所に住む若い奥さんから子供服のお古をもらったものだ。足元はおばあちゃんの使い古した革の靴。ちょっとぶかぶか。お客さんには、髪が短いせいか最初は男の子と間違われる。でもその後、ワンピース姿を見て哀れむような視線になるから、こっちのほうが申し訳ない気持ちになってしまう。

さて、おばあちゃんが冒険者ギルドに行ったのは、薬草採取のクエストを依頼していたから。

おばあちゃんが欲しい薬草は、王都の北東にある魔の森の周辺に多く繁殖しているらしい。若い頃は自分で採りに行っていたそうだが、最近では魔の森の周辺で魔物の目撃情報が多くなっているため、ギルドに依頼しているそう。

私が行きたいリンドベル辺境伯の領地は、その魔の森を越えたところにある。真っ直ぐに森を突っ切れれば早そうだけど、地図情報を見る限り、そんな街道はない。ぐるりと隣国を経由しないと向かえないのだ。それには、乗合馬車に乗っていくしかないらしい。

アルム様が用意してくれていた財布には、十分なお金が入っていた。そう、おばあちゃんのことを気にしなければ、すぐにでも出発できるのだ。問題は、おばあちゃんにどう説明して、別れを切り出すか、というもの。

おばあちゃんは、詳しい事情を聞いてはこない。店じまいをすると、近所の飲み屋に毎日、飲みに行ってしまうけど、悪い人じゃない……はず。

店番を頼まれたわりに、今日はお客さんは誰も来ない。私はナビゲーションの画面を開くと、魔法や調薬のことを調べて時間を潰すことにした。


結局、おばあちゃんが戻ってきたのは、日が落ちる頃だった。

「ふぅ～、戻ったよ」

「おかえりなさい」

私はおばあちゃんが抱えていた麻袋を受け取る。おばあちゃん、なんかお酒臭い。よっぽど疲れたのか、酔いがまわったのか、カウンターの中の椅子に腰を下ろした。

「遅かったですね」

受け取った麻袋を抱えて、奥の部屋へと持っていく。袋から出してみれば、結構な量の薬草だ。私は、それらを鑑定しながら、種類別にテーブルにまとめる。おばあちゃんから最初に説明は受けたけど、まだ、葉の形とかでは、種類がよく分からないのだ。

こうやって手伝いをしているおかげで、鑑定する機会が増えたからか、最初は草の名前と質(上・中・下)くらいしか出てこなかったのが、利用目的(例えば、初級ポーション用とか、毒消し用だとか)まで表示されるようになった。調薬スキルが付いたせいかもしれない。

「いや、ギルドでね、人探しのクエストが出てたもんでね。みんなでちょいと話が盛り上がっちまってね」

ギルドの中に、飲むところとかがあるのだろうか。酔っているせいで、少しばかり饒舌になっている。

「へぇ……冒険者ギルドって、そんなことも受け付けるんですね」

「まぁ、ランクの低いもんが受けるクエストは、なんでも屋みたいなもんも多いからね」

話を聞いてみると、そのクエストを出してきたのは、城の魔法省だという。それだけでも珍しいのに、報酬もよかったらしい。

王城絡みと聞いただけで、顔が強張ってしまう。

「なんでも、城で保護してた老婆が行方不明らしいんだよ。外国から来た人らしくて、見つけ次第、連絡が欲しいらしいよ。情報提供だけでも、いい小遣い稼ぎになるだろうね」

ご機嫌なおばあちゃんの言葉で手が止まる。

（……まさかと思ったけど、確定だわ。ていうか、老婆とか、ひどくない？）

ムッとして、つい手にしていた薬草を強く握ると、薬草の匂いが、ふわんと立った。

「ミーシャは、そんな怪しげな老婆なんて、見ちゃいないよねぇ」

「見るも何も、ずっと店の中にいましたから」

「なんだい、今日も外に出なかったのかい。よっこらしょっと」

奥の部屋にやってきたおばあちゃんと入れ違いに、私は店のほうへと戻ると、外に出て、ドアにかかっている店の看板を裏返す。こうすれば店が閉まっていることになるらしい。目の前の通りを、冒険者っぽい若い男たちが数人、通りすぎていく。この人たちも、私を探しているのだろうか。

「まぁ、見つからないとは思うけどね」

そう、老婆と思っている限り。だけど、いつまでもここにいるわけにもいかない。

私は静かにドアを閉めると、おばあちゃんの手伝いをしに、作業部屋へと戻った。

真っ暗闇の中、私は瞼をゆっくりと上げる。店の奥にある小さなリビングのくたびれたソファ。そこで私は1人、寝ていた。

おばあちゃんは、もう一つ奥の部屋。なにせ、ベッドは1つしかないというし、さすがに年寄りをソファで眠らせるわけにはいかない。そもそも、おばあちゃんじゃ、このソファのサイズは小さいのだ。私が、かなり小柄になっているから、寝られるだけだ。

おばあちゃんから老婆探索の話を聞いた後、私は、もう潮時かもしれないと思った。見た目は確かに老婆ではないけれど、何がきっかけでバレるか分からない。もともと、さっさとこの国から出るつもりではいたけれど、あの時点では時間も情報も少なすぎた。

アルム様のタイミングの悪さなのか、よさなのか、おばあちゃんに拾われて、落ちつく時間が持てたのは幸いだったと思う。

ソファから起き上がると、毛布をきちんとたたみ、アルム様からもらった服に着替えた。オフホワイトのシャツに、革のベスト、ジーンズっぽい生地のズボン。それに結構しっかりした、膝下くらいまであるブーツ。絶対、この世界にはなさそうな服や靴だと思うんだけど、他に私が持ってるのは、緑のワンピースと、ブカブカの革靴、それに貫頭衣しかない。これからの移動を考えたら、これに着替えるしかない。その上に、私はグレーのマントを羽織る。この格好だったら、髪の短さも手伝って、男の子にしか見られないはずだ。

店のほうへと向かう。窓からは、まだ日の光は見えない。

カウンターに置かれていた、掌サイズのわら半紙のようなメモ用紙。もともと、お客さん用に準備されていた引き換え券のようなものらしい。そばに置かれていた古い羽ペンで、そこに一言、『ありがとう』と書く。どんな仕組みなのか、日本語で書いているつもりなのに、自動でこの国の言葉に変わってしまうことも、この3日で気付いたことだ。

私はアイテムボックスから財布を取り出すと、金貨を1枚、メモの上に置いた。一宿一飯《いっしゅくいっぱん》どころではないし、ワンピースと靴の代金も入っている。たぶん、相場からしたら渡しすぎだけど。

ゆっくりと店の中を見回すと、感慨深く感じてしまって、ちょっとだけ、目が潤《うる》んだ。

「お世話になりました」

頭を深々と下げると、私は店のドアを開け、ヒンヤリした空気の中、まだ薄暗い街の中へと足を向けた。


王都のはずれ、乗合馬車の集合場所には何台かの馬車が停まり、冒険者っぽい人たちがたむろしている。それを眺《なが》めるように、少し離れたところに固まっている人たちは、出発待ちをしているのかもしれない。

集合場所の前にある石造りの建物のドアを開けると、私と同様に、これから旅に出ようとしている人たちであふれていた。

「はい、次の人～」

いくつかの窓口に並んでいる列を見て、私が行くべき窓口を探す。

「おい、さっさと並べよ」

「あ、ご、ごめんなさい」

なんかガラの悪そうな男が、私の後ろから声をかけてきた。後ろには派手めなお姉さんが2人、ついてきてる。いかん、こういうのに絡まれると、たいがい、大事になったりする。

私はペコペコ頭を下げて、壁際に寄る。男は鼻で笑い、女たちもクスクスと馬鹿にした感じで私を見下ろして、前のほうに歩いていく。

私が向かいたいのは、魔の森を越えた先にある、レヴィエスタ王国。残念ながら、魔の森を抜けていく街道はない。だから南北のどちらかの隣国を経由するか、海側から回り込むか。距離からいっても、南側のトーラス帝国側を通って北上するのが一番早くて安い。受付は、さっきの男たちが並んだところ。正直、あの人たちと一緒に行きたくはない。

もう一つは、北の街道を通ってオムダル王国に入ってから、王都の手前にあるエクトという町で乗り換えて南下する方法。だいたい1カ月の行程だけれど、帝国経由の次に安いのは、ナビゲーションで調査済み。今の私は距離や時間よりもストレスのないほうを選ぶ。さっさとオムダル王国行きの窓口に並ぶと、お金を渡して引き換えの木札をもらった。

建物を出ると、既にオムダル王国行きの馬車に乗り込んでいる人たちがいる。私も急いで並び、木札を見せて乗り込んだ。なんだか、昔、電車に乗った時に切符を改札で差し出したのを思い出して、苦い笑みが浮かんでしまった。

「あら、僕、１人なの？」

隣に座ったおばあさんが声をかけてきた。狙い通りではあるけれど、微妙な気分になる。

「はい」

にっこり笑って答えると、私は外のほうへと目を向ける。

髭面の御者のおじさんの出発の合図で、馬車がゆっくりと動きだす。それと同時に、ようやく、この王都から抜けだせる、と思った。この先がどうなるのか予想がつかない。それでも、２度目の人生、楽しむしかない。

私はグレーのマントの中で腕を組みながら、目を閉じた。

◆◇◆◇◆

シャトルワース王国、魔術師団団長補佐、イニエスタ・マートルは、大いに後悔していた。

第二王子のわがままに付き合って、『聖女』様を召喚してしまったことを。

「マートル様！　大変です！」

聖女召喚の儀式を行って1週間。『聖女』様、と呼べるのか、不安になるような老婆が現れてから、第二王子は不機嫌なままだ。

「朝から何だ」

書類を睨みながら、部下の言葉に返事をする。第二王子の愚痴《ぐち》に付き合わされる前に、やれる仕事を終わらせないと、いつまでたっても書類の山が減らないのだ。特に、召喚の儀式を行ったせいで魔力を使い果たした魔術師たちが、ようやく復帰してきたこともあり、書類の量も増えている。

「せ、『聖女』様が」

「ん？　目覚められたか」

昨日、午前中に見に行った時には、相変わらずベッドで眠っていたのを確認している。治癒の魔法で病気は治っているはずなのに、一向に目覚めない。しかし、彼女がいることで、魔の森から現れ、王都へと向かってくる魔物の数は減少傾向にある。

このままでもありがたい存在のはずなのだが、第二王子はそれでは満足しない。それは20

０年前の聖女伝説に夢を持っているせいだ。『聖女』と結ばれた者が王位についたという昔話。この国に住む者なら誰もが聞いたことがあるおとぎ話を、第二王子は本気で信じている。

それなのに現れたのが老婆だったせいで、大いに落ち込んでいるのだ。若い『聖女』だったら妻にして、自分自身は王太子になると期待していたから。

最近は、今回現れた『聖女』を亡き者にして、もう一度、召喚できないか、などと、恐ろしいことを聞いてくるから、手に負えない。神に愛されている『聖女』を手にかけたら、どんな災いが起こるか、予想もできないというのに。

「い、いえ。『聖女』様が消えてしまわれました」

「そうか、『聖女』様が……って、なんだとっ⁉」

「も、申し訳ございません！　今朝になってメイドから連絡がありまして」

冷や汗をダラダラ流しながら部下の報告は続く。

今朝、午前中担当のメイドが世話をしに行ってみると、昨日の夕方担当のメイドが、聖女の部屋で寝ていたと。そして『聖女』様本人の姿がまったくなかったというのだ。そして肝心の夕方担当のメイドは、聖女の世話をしようとベッドに近寄った後の記憶がまったくない、とのこと。

何が起こっているんだ、と頭を抱えるイニエスタ。

「そ、そういえば、まったく関係ないかもしれないんですが」

「なんだっ」

八つ当たり気味に問いかけると、部下はビクビクしながら、調理場の騒動を話しだす。食料倉庫の食料がごっそり盗まれていた、と。

「それが『聖女』様とどんな関係がある？」

「いや、関係ないかも……です」

「そんなことより、『聖女』様を探さねば」

イニエスタ・マートルはひどく後悔している。

第二王子のわがままに付き合って、『聖女』様を召喚しなければよかったと。

◆◇◆◇◆

私、ヘリオルド・リンドベルの娘が、無事に生まれることなく、神の御許に召されて1週間以上がすぎた。いまだに妻はベッドから起き上がることができないでいる。体力面だけではなく、精神面も弱ったままだ。

また次がある、と言葉にするのはたやすい。しかし、結婚8年目にして初めての子供の誕生に期待が大きかっただけに、屋敷の中は暗い空気に包まれていた。それに応えられなかったことが、余計に彼女を苦しめている。

そんな中、私の仕事は待ってはくれない。領地運営を疎《おろそ》かにすれば、民たちが辛い思いをする。感情を押し殺して、私が書類に手を伸ばそうとした時、荒々しいノックの音が響いた。

既に日も落ちて夕食の時間になろうとしていた。そのために声をかけるにしても、いつにもなく、騒々しい音に苛立《いらだ》ちを覚えた。

「なんだっ」

私の怒鳴り声と同時にドアが開く。駆け込んできたのは、妻の世話を任せていたメイドのマリーだった。

「だ、旦那様っ、お、奥様がっ」

真っ青な顔のマリーに、最後まで彼女の言葉を待たず、妻のいる寝室へと急いで向かう。暗い廊下の先、寝室のドアは開かれたままの状態で、妻・ジーナの悲痛な泣き声が聞こえてきた。

「ジーナッ」

「あなたっ！」

涙で濡れた妻の顔は青白くやつれ、私にすがりつくように細い腕を伸ばしてくる。急いでベッドの脇に座り、妻を抱きしめると、より一層、身体の細さが感じられ、悲しみで心が軋《きし》む。

「あなた、あなた、あの子がいるの！」

ジーナの言葉に、最初、何を言っているのか分からなかった。

「ジーナ？」

「ア、アルム神様が、夢でお告げになったの！　あの子は、あの子は生きているって」

「……生きてるとは？」

訝し気に問いかけながら、妻の目をジッと見つめる。その瞳の奥には必死さはあっても、狂気は見受けられない。

「お願い、助けてあげて。あの子は、今、一人ぼっちなのよっ」

すがりつく手の力強さに驚きながら、妻の言葉に耳を傾ける。

私たちの娘になるはずだった魂が、シャトルワース王国によって『聖女』として召喚されてしまったこと。今は10歳くらいの女の子の姿となって囚《とら》われていたこと。そして、1人で脱出して私たちの元へ向かおうとしていること。

「お願い、お願い、あなた、あの子を助けてあげてっ」

まともな感覚であれば、妻の言葉は信じられるものではない。しかし、妻の願いを叶《かな》えることで、元のように元気になってくれるなら、たとえ、その少女が実在しない存在であったとしても、彼女が信じるアルム神の言葉を私も信じたいと思った。

細くなった身体をもう一度優しく抱きしめ、宥《なだ》めるように声をかける。

「分かった。誰かを迎えに行かせよう。その子はどんな子なんだい」

「あ、そうよ、そうよね……それはね」

どこから取り出したのか、妻は虹色に輝く小さな手鏡を手にしていた。いつ、そんな物を買ったのか、初めて見る手鏡に目を向ける。

「アルム神様が私にくださったの。あの子のことを見守ってやるように、って」

差し出された鏡の中に、一人の少年が映っていることに驚いた。グレーのマントを羽織った黒髪の少年。10歳くらい、だろうか。野営でもしているのか、大きな焚火《たきび》の前で、硬そうなパンにかじりついている姿が見える。

「この子なの、この子を探して連れてきてっ」

私は驚きで声が出なかった。それは、トーラス帝国に国宝級の宝として保管されているという噂の『遠見の鏡』そのもの。まさか、そんな物が妻の手の中にあるとは。本当にアルム神様が、私たちへと下賜《かし》されたのか。

「ああ、女の子なのに、こんな格好なんて……それに髪まで……ううう」

妻の言葉に、再び鏡の中の子供に目をやる。少年と思ったが、少女であったのか、と、じっくりと見る。短い黒髪に、少し釣り目がちな二重の大きな黒い瞳が印象的だ。まるで、用心深い小さな黒猫のようで、かわいらしい。

彼女の容貌は、茶色の髪に茶色い瞳と地味な私とも、金髪に青い瞳の美しい妻ともまったく異なる。しかし、妻の想いの深さから出る言葉につられて、私にも娘のように思えてくるから不思議だ。

「分かった。分かったよ、ジーナ」

私の言葉に、鏡から私へと期待の目を向ける妻。

「イザークが今、ヴィクトル様の護衛も兼ねて、シャトルワースに行ってる。あいつに連絡しよう。イザーク本人が動けなくとも、なんとかしてくれるに違いない」

王城内で近衛騎士として王族の警護にあたっている4歳年下の弟、イザーク。

タイミングよく、通商条約の更新のために、第二王子のヴィクトル様が外交官たちとともにシャトルワースに滞在しており、イザークもそれに同行しているのだ。これも神のお導きなのだろうか。

「本当ですか!? ああ! お願いします! お願いします!」

久しぶりに妻の嬉しそうな顔を見て、私も嬉しくなる。

「ああ、だから、ジーナはゆっくり休むといい。彼女が我が家にくるまでに、元の体調に戻さなくてはね」

「ええ、ええ！　私、元気になるわ！」

興奮気味の妻を寝かせ、軽く口づけをしてから部屋を出て、すぐに執務室へと足を向けた。

椅子に座ると、すぐさま手紙を書き始める。妻の言葉と、彼女の容貌、必ず連れて帰ってくるようにと、簡潔に書いた手紙を小さく折りたたむ。そして、宙に伝達の魔法陣を描いた。青白く浮かんだそれは掌サイズの青い鳥へと変わり、私の差し出した手紙を咥《くわ》えると、すぐに消えた。

弟のイザークなら、上手くやってくれるはずだ。そう心の中で強く願う。

アルム神様、どうか、あの子を護りたまえ。

私たちの娘を、再び失うことがないように。

3章　のんびり街道旅……は、できないようです

初めての乗合馬車の旅である。

厚手のマントだから多少のクッションになるかと思ったが、甘かった。全然クッションになっていない。まさか、こんなに痛いとは予想外だった。なにせ、道が舗装されてないから、ゴツンゴツンと痛いこと。こんなことなら、なんでもいいから、緩衝材的なものを持ってくればよかった。それに、よくよく考えると、荷物を入れるようなバッグすら持っていない。

こっそりと周りの人を見ると、結構大きな荷物を持っている人もいる。私のように一人旅っぽい人はそうでもないけど、それだって斜め掛けした丸くふくらんだバッグを持っている。ちょっとやらかしたか、と、内心、焦る。

次の町までは2日の日程。途中、野営地で休むことになるとは聞いていた。自分の分の食料は、マジックボックスから出せるけど、周りにはそういうのを使いそうな人がいない。これは大っぴらに使うのは控えたほうがいいかもしれない。次の町で買い物できるだろうか。少しだけ心配になる。

太陽が真ん中に昇り切った頃、乗合馬車は最初の休憩地に辿り着いた。

「一旦、ここで休憩するぞ」

御者のおじさんの声に、乗客皆が、大きくため息をつく。出入り口そばにいた私はさっそく馬車から降りる。

「ん〜っ！」

やっとの休憩に、思い切り背伸びをする。この状態が続くと、エコノミー症候群をおこすかもしれない。足の屈伸をしてから、周囲を見渡す。草原というには少しばかり荒れた土地に、真っ直ぐに街道が伸びている。周囲には人が住んでいそうな建物などなく、一本の大きな木と、休憩用と思われるボロい屋根しかないものだけ。雨宿りくらいしかできそうもない。

それぞれに石や木の根に腰を下ろし、各々が食事を始める。私は少し離れたところで腰を下ろし、風景を見ながらアイテムボックスから小さめなパンを取り出す。こっちのパン、固くて顎が痛くなるが、今は文句を言える状況ではない。『ウォーター』の魔法で指先に水を出して、飲み込む。魔法って便利。

休憩時間はあっという間にすぎて、再び、馬車に乗り込む。

「今日は、魔物の気配もないな」

「ああ、ありがたいことにな」

壮年の男2人がそう話すのが聞こえた。よく見ると、2人は帯剣している。もしかして、彼らは護衛か何かなんだろうか。

私は慌てて、密かに地図情報を開き、現在位置の状況を確認する。半径10㎞圏内に魔物らしきモノ、まったくナシ。私たちが向かうほうから動く点が一つだけあるけれど、たぶん、これは乗合馬車だろう。これが『浄化』の力の影響ってことなのだろうか。面倒なことに巻き込まれないならば、嬉しい限りだ。

自分の席に座る時、今度は折りたたんだ貫頭衣をこっそり出して、お尻に敷いてみた。少しだけ、本当に少しだけだけどマシになった気がする。


2日目の昼すぎに、やっと最初の町についた。本当に、やっと、という感じ。野営も初めてだったし、ありがたいことに何事もなく済んだけど、やっぱり、ちゃんとした寝床で寝たい。なにせ、馬車の中では横にすらなれなかったのだ。

「明日は6時の鐘が鳴ったら出発だ。遅れても待たずに出るから、そのつもりで」

御者のおじさんの言葉に乗客たちは頷《うなず》き、乗合馬車から離れていく。王都に比べると、とかいうレベルではない。本当に小さい町だ。昔で言う宿場町、って感じなんだろう。宿屋も1軒しかなく、乗合馬車の乗客は全員、そこに泊まるしかない。

受付のおばさんは、にこやかに乗客たちを案内しているから、私も同じように接してくれると思ったら……。

「なんだい、お前さんは一人旅かい」

「ええ」

「1人でも1部屋だから、1泊銀貨1枚だよ」

別に、お客様は神様です、とは言わないが、そういう対応はどうなのだ。それに宿泊代、相場より少し高くないか？　それも食事は別とか、ぼったくりだ。確か、この先の分岐にあたる領都の宿屋がそれくらいの値段なのは調査済み。普通、それよりも安いものじゃないのか？しかし、私の前の老夫婦にも同じ値段で言っていたから、子供だからと舐《な》めているわけでもないようだ。王都の近くの町だってことで、高くしているのか。

私は渋々、銀貨1枚を渡して、自分の部屋の鍵をもらう。最後に受付をしたせいか、案内された部屋は、受付のカウンターと繋がった食堂から階段を上がってすぐ。ドアを開けてみると、実は物置なんじゃないか、と思うような部屋だった。ベッドはあるにはあるけど、絶対、食事時だけじゃなく、酒を飲んで騒ぐ人でもいたら、うるさくて寝られない。

これで銀貨1枚!?　と、思わずムッとして顔に出てしまったのが、おばさんにも見えたらしい。私が文句を言い出す前に、釘を刺してきた。

「気に入らなければ、出てってくれていいんだよ」

ムカつく。しかし、さすがに疲れている自覚がある。ベッドがあるだけマシなのだ。物置部屋もどきの中へと入り、ドアを閉めると同時に、小さく呟く。

「『結界』」

キーンッという軽い音とともに、この狭い部屋の中は薄い膜で覆われる。ナビゲーションで調べまくった結果、光魔法にあった『結界』を使ってみたのだ。これがある限り、音も聞こえないし、侵入することもできない。

私は大きく深呼吸すると、思い切り叫んだ。

「……クソババアアアアッ！」

とりあえず、スッキリ。部屋の中は埃っぽいけど。

カーン、カーン、カーンッ、と曇り空に鐘が響く。

町の中央の広場にある時の鐘の音に、私以外の乗客も馬車の周りに集まってくる。この町で降りる人はいなかったようで、王都で乗り込んできた人たちと、同じ顔ぶれだった。それはそれで、ちょっと安心する。

バッグなしの状態を反省し、部屋をとった後すぐに買い出しに行き、雑貨屋で大き目のバッグを買い込んだ。肩掛けできるバッグはマントの中で下げる。昨夜のうちに、アイテムボックスから食料品の一部を取り出して、バッグの中に移動させておいた。それ以外にも木製の食器、ハンカチ、下着など、この町で手に入れられそうなものは買った気がする。さすがにブラジャーはなかった（といっても、悲しいかな、それを必要とする胸の大きさではないことを付け加えておく）。

それに護身用にと、小型のナイフも買った。何も持っていないよりはマシだと思う。

財布の中身は、なぜか減っていない。もしかして、アルム様、お小遣い、補充してくれてたりして。そうだったらありがたいが、安易に使いすぎないように気を付けよう。

結局、昨夜は宿の食事はとらなかった。いい匂いが漂ってきたのは、腹が立ったけど、口惜しいから、アイテムボックスに入れてあったパンに、バターとハチミツをたっぷり塗って食べてしまった。そのうえ、分厚く切ったベーコンをナイフに刺して、火魔法であぶって食べるっていう、今までの人生ではやったことのないワイルドな食べ方をしてみた。さすが王城で扱うベーコン。うまかった。

アイテムボックスに入っていた食料品を食べたり、袋を入れ替えたりなどの整理をして、空の麻袋を何枚か用意できた。それをクッション代わりに、上手くお尻の下に敷いて安定させることができたのは幸いだった。

馬車が動き出してからは、ひたすらナビゲーションを見続けていた。魔法のことや、これからの経路のことを調べていたら、時々、ブツブツ独り言を言ってしまっていた。傍から見たら変な子に見えていたようだ。そのせいか、誰も近寄らず、話しかけてもこなかったのは、助かった。

最初の町から離れて2日目の夕方。

街道の先に、城壁らしきものが見えてきた。王都周辺は4つの公爵領に囲まれているから、その一つの公爵領の領都だろう。領都に入るための長い行列に、この馬車も並ぶらしい。城壁の中に入るためには、一度馬車から降りないといけないようで、そのせいで行列が長くなっているみたいだ。結局、乗合馬車が中に入れた頃には、すっかり日が落ちてしまっていた。

私は身分証らしいものを持ってなかったので、通行税銅貨10枚を払うことになった。その時、守衛のおじさんから、冒険者ギルドや商業ギルドに登録すると、身分証がもらえるという話を聞いた。この身分証があれば、通行税はタダになる。これから先、いくつかの街を通っていくたびに、通行税を払わなきゃいけないことを考えると、今、ここでどちらかに登録しておいたほうが、節約になる。実際は、お財布の中身は減らないみたいだけど。

冒険者ギルドは24時間営業で、いつでも対応してくれるらしい。それだけ緊急対応を必要とするようなことがあるってことだろう。まずは、宿屋だけでも確保してから、ギルドに向かおうと心に決めた。

私たちの乗っている馬車は、ロータリーっぽいところに入ると、ゆっくりと停まった。とりあえず、到着というところか。ここに入ってくるまで街並みを眺めていたけど、かなり立派な街に見える。通り沿いに宿屋がいくつかあって、どこにいけばいいのか迷う。

集合時間はこの前と同じ、ということで、私は宿屋を探そうと、御者のおじさんか、護衛でついてきたおじさんに聞いてみることにした。

「あの」

「ん、どうした」

3人は固まって明日のことを話しているようだった。

「邪魔してすみません。この街の宿屋って、お勧めとかありますか」

「あ？　いやぁ、俺たちはいつも乗合馬車の警護もあって、宿には泊まってないんだよ」

「そうなんですか」

予想外の回答に、参ったな、と思っていると、別の乗合馬車から降りてきた冒険者風のお兄さんが、私に声をかけてきた。

「おい、だったら、俺んちに来いよ」

「おう、お前んとこか」

「え、え、え？」

私を置いて、おじさんたちで話が盛り上がる。どうもこのお兄さん、ここが地元で、実家は小さな宿屋をやっているらしい。なんというラッキー。

「明日には俺も、また護衛で折り返し出かけなきゃいけないんだけどな」

お兄さんは、オースという名前の港町との往復の乗合馬車の護衛をしていて、その町で結婚して、奥さんと子供はそっちにいるらしい。

「お前、1人だけか」

「は、はい」

「よし、じゃあ、先にお前を送っていくか。悪い、すぐ戻る」

お兄さんは自分のところの御者に声をかけると、ほら、行くぞ、と私の前を歩いていく。後ろをついていく私のことを気にすることなく、お兄さんはどんどん歩いていく。足の長さが違うのに、と思いながら、お兄さんの後を走って追いかけることになってしまった。

人通りの多い大きな通りから横道に入る。案内してもらったのは、こぢんまりとした感じの宿屋さんだった。

「よぉ」

「あれ、お帰り。珍しいね、こんな時間に」

勢いよくドアを開いたお兄さんの挨拶に、おばさんの元気な声が返ってきた。

「ああ、お客さん連れてきた。俺はすぐに、また戻るんだ」

「おやおや、かわいらしいお客さんだこと。いらっしゃいませ」

にこにこと笑いながら受け付けてくれた恰幅《かっぷく》のいいおばさんに、少しホッとする。なにせ、前回がアレだったから。お兄さんは私を預けると、すぐに宿屋から出て行った。

「すみません、1人ですが、大丈夫ですか」

「お1人ですね。宿泊代は朝夕2食ついて1泊銀貨1枚、先払いですが、よろしいですか」

「!? はいっ！　大丈夫です！」

子供扱いされずに普通に接客されて、ちょっと感動。そのうえ、宿泊代には食事もついていて銀貨1枚。びっくりして、一瞬返事が遅れてしまった。それでもすぐに銀貨1枚を支払う。

「台帳にお名前をお願いしたいんですが、書けますか？」

「はい、大丈夫です」

薬師のおばあさんに呼ばれた『ミーシャ』と書いた。

「あら、女の子だったの？」

おばさんの驚いたような言葉に、やらかしたことに気が付いた。自分、男の子の格好していたじゃないか。

「あ、えと、その……」

慌ててしまって、いい言い訳が浮かばない。

「ん～、訳アリってわけね」

オロオロしている私をよそに、おばさんは意味深にうんうんと頷きながら台帳を静かに閉じた。勝手に勘違いされているようで、少しだけ、どう勘違いされたのか聞いてみたい気がしたけれど、日本人特有の曖昧《あいまい》な微笑みで誤魔化すだけにした。

その後に案内されたのは、けっして広くはないが居心地がよさそうな部屋。カントリー風で、ほんわかした感じは、おばさんの趣味なのだろう。建物自体が大きな通りから離れているせいか、それほどうるさくない。ベッドもフカフカしていて、横になったら一発で寝てしまいそう。

「それでは、夕飯はどうします？」

「はい、お願いします。えと、これから冒険者ギルドに行ってこようと思うので、戻ってきたらでいいですか？」

「はい、分かりました。では、出かける時はお声かけくださいね。鍵を預かりますので」

にっこり笑顔を浮かべたおばさんが、静かにドアを閉めて出ていく。

ようやく一人になって、肩の力が抜け、ベッドに腰かける。おばさんの普通の対応のありがたさを痛感して、目に涙が浮かびそうになる。

「さて、荷物を整理したら、冒険者ギルドに行きますかね」

夕飯前には帰ってこよう、と思いつつ、鼻歌交じりに、バッグの中身を取り出し始めた。

荷物整理を終えて、いざ、冒険者ギルドに来てみると、目の前にそびえる建物に、私は思わずゴクリと唾を飲み込んだ。初めての場所というだけでも緊張する。重厚な木のドアの様子は、明治時代とかの銀行を思い起こさせる。そんなドアの前で、ドキドキしながら取っ手に手を伸ばそうか迷っていると、反対に勢いよくドアが開いた。

「うわっ」

「なんだ、邪魔なんだよ」

現れたのはガラの悪そうな冒険者たち。定番な反応に、笑いそうになったのを俯《うつむ》いて隠す。

口元、ヤバい。モヨモヨしちゃう。

「ほら、子供を虐《いじ》めてんじゃないわよ」

「うっせぇな」

女の人もいたのか、と目を向けると、すごく背が高くて、ボンキュッボンの身体を惜しげもなく見せるボンテージっぽい格好をした美女がいる。寒くないのかな、とか、勝手に心配したけれど、彼女は私のほうには目を向けず、前を歩いているデカい男の尻を蹴《け》とばしていた。よっぽど痛かったのか、男の人は、痛ぇ、痛ぇ、とお尻を撫でていた。冒険者ともなると、女の人もすごいんだな、と思いつつ、開け放たれたドアからスルリと建物の中に入った。

「おおお」

思わず感動の声が上がる。奥のほうにカウンターがある。そこに窓口があるのだろう。数人が列になって待っている。その脇の部屋は酒場だろうか。そちらから何人かが私のほうを見ている視線を感じながら、列の短そうなところに並んだ。

みんなデカいなぁ、と感心しながら周囲を見回している間に、私の番になった。

「はい。どういったご用件ですか？」

赤毛をお団子一つにまとめたそばかすのお姉さんが、無表情に声をかけてきた。ちょっと怖そう。こういう場所で仕事をしていると、そうなってしまうのだろうか、と思ったが、隣に座っている人は色っぽい感じで笑みを浮かべながら対応している。相手は迫力あるおじさんたち。赤毛の彼女は、たまたまそういうタイプなのかもしれない。

「えと、ギルドの登録をお願いしたいんですが」

「では、こちらの書類に必要事項をご記入ください……読み上げたほうがいいですか？」

「いえ、大丈夫です」

差し出された書類に目を通す。じっくり読むのは、あっちでの経験から、契約関係はちゃんと読まなくては。

内容としてはたいしたことはなかった。招集がかかったら、参加は必須だということとか、ギルド内でのトラブルは自己責任だとか、期間内にクエストをクリアしないと、内容によっては罰金が取られるとか。意外だったのはスキルの登録。自己申告制で登録しておくと、該当スキルのクエストがあると、優先して声をかけられるとか。調薬のスキル、登録しておくか少し迷った。でも、今は道具すらないから、やめておくことにした。目を通して、全てに『はい』と回答する。そして最後にサイン。

「はい、これでいいですか」

「……はい。では少しお待ちください」

お姉さんは無表情に書類を受け取ると、カウンターの奥の部屋へと入っていった。彼女が戻ってくるまで、周囲を観察しようと思っていたら、残念ながらすぐに戻ってきた。

「はい。では、こちらがギルドカードです」

差し出されたのは名刺サイズに薄い鉄製のカード。表には私の名前の『ミーシャ』と一番下のランクであるGの文字だけ。裏側はまっさら。

「裏には、これからこなしていくクエストの実績が表示されます」

淡々と説明を続けるお姉さん。どういう仕組みか具体的には教えてもらえなかった。なにせ、私の後ろにも待ってる人がいる。

「クエストはあちらの壁に貼り出してあります。希望のクエストがありましたら、その紙を取ってから、こちらに申請してください」

「あ、はい。分かりました」

ペコリと頭を下げて、すぐに席を立つと、クエストの貼り出されている壁を見に行く。

ランクが高いクエストほど受付のそばにあり、低いのは入口のほうに固まっているようだ。王都に近いこともあって、ランクの高いものはそれほど多くない。

私のランクであるGは、薬草採取の他に、店番とか配達とか、冒険ともいえないような内容も多い。それに相応しく、もらえる報酬も少ない。そもそも、このランクは子供が対象になってるんだろうな、とクエスト内容からも想像できる。

とりあえず、身分証となるカードを手に入れられて、一安心だ。相変わらず、他の冒険者からの視線を感じるものの、誰かが声をかけてくるわけでもないので、さっさとここから出ていくに限る。

重いドアを開けて外に出ると、既に空は赤く染まっている。あまり遅くなる前に、宿屋に戻ろうと思っていると、乗合馬車の集まるロータリーに人だかりができていた。

「どうしたんだろ」

トラブルだったら巻き込まれたくはないが、ちょっと確認だけはしたい。人気のない脇道に入ってから、隠蔽スキルを発動する。これで、誰にも気付かれずに話を聞けるはず。

近づいてみると、御者さんや冒険者さんたち相手に、質問している人がいる。年齢は30代くらいか。黒ずくめの格好で、見るからに悪そうな顔をしている。

「他にはいないか」

「ん～、髪の短い女の子だろう？　そんなのがいたら、誰でも気付くだろうに」

「短くするなんて、修道院にでも入る予定だったのかね」

「うちのには、そもそも若い女の子なんか乗ってなかったしなぁ」

「……そうか」

ちょっと、胸がドキドキしてきた。

いや、待て。城の連中は、私の容姿が若返っているなんて知らないはず。だから、別の女の子かもしれない。でも、薬師のおばあさんが、何か感づいてギルドに話を持っていったり？　そもそも、王城とは関係なく、薬師のおばあさんが私を探している？　でも、ギルドに人探しをしてもらえるほど、あのおばあさん、お金があるとは思えない。ついには、どこかで自分がヘマしてたりする？　と考えてしまって、グルグルと嫌なことばかりが頭に浮かぶ。

気が付けば人だかりもばらけていて、いつの間にか黒ずくめの人はいなくなっていた。街の中で探し始めていたりするんだろうか。

慌ててナビゲーションを呼び出して、地図情報を広げてみる。さすが領都。人を表す黒い点が多すぎて、誰が誰なんて分かりゃしない。救いなのは、敵と思われる赤い点がないこと。あの黒ずくめの人も敵ではないんだろう。そもそも、私を探しているとしても、攻撃の意思がないから赤くならないだけなのだろうか。

とりあえず、探している相手が私であってもなくても、変に勘ぐられるのは嫌だ。あの様子だと、明日の朝の集合時間にも探しに来そうな気がする。ひとまず明日、乗合馬車に乗るのはやめておこう。

そのことを伝えるために、乗合馬車の御者のおじさんを探していると、おじさんが建物から出てきた。もしかして、あの男とは話をしていないんだろうか。そう思うと、少し気が楽だ。

私は隠蔽スキルを外し、おじさんのほうへと駆け寄る。

「あの」

「おや、宿は大丈夫だったかい」

「はい、ちゃんと部屋とれました」

気にしてもらえていたと思うと、ちょっと嬉しい。私はしばらく、この街にいようと思っていると伝えた。冒険者ギルドに登録したので、せっかくだから、ここで仕事をしてみようかと思うと。

「そうかい、そうかい」

「それで、オムダル王国行きの木札、ここで乗り継がなかったら使えなくなるんですか？」

「いや、木札は到着した場所で回収するものだからね。次の馬車に見せれば乗れるよ」

よかった。これでお金が無駄にならなくて済む。アルム様からのお小遣いだとはいえ、ついつい貧乏性が出てしまう。次のオムダル王国行きは１週間後。その途中までの馬車は、３日後に来るらしい。私はおじさんに礼を言うと、宿屋へと戻ることにした。

今度、あの男の人を見かけたら、敵用のマーカーを付けなくては、と心に強く思った。

宿屋のほうは、問題なく延泊することができた。ひとまず、北上する乗合馬車が次に出発するのは３日後のため、今日も含めて３泊でお願いした。食事も美味しいし、居心地もいいから、もう少し長くいたい気もするけど、できるだけ早くこの国から出たほうがいいと、本能が言っている（ような気がする）。


次の日、私は朝から冒険者ギルドに向かった。せっかくここでギルド登録したのだから、試しにクエスト、やってみたいではないか。

朝早い時間に来たつもりだったが、ギルドのドアからたくさんの人が出ていく様子に、出遅れたことが分かった。重いドアを開けて中に入ってみると、まだ数人の冒険者たちがクエストの貼られた壁に立って選んでいる。

私は出入り口のドアの近くにあるランクの低いクエストを眺める。私と同じようなランクのクエストを見るような人はいない。とりあえず、薬草採取が普通なんだろうな、とクエストの紙を探してみる。

「おい、坊主、邪魔だ」

薬草といっても種類の指定がある。私ができるのは……。

「おい、邪魔だって言ってんだろ」

「ふぇっ!?」

頭の上から、だみ声が落ちてきた。あまりの声のデカさにびっくりして見上げると、スキンヘッドの強面《こわもて》のおっさんが見下ろしている。口をパッカーンと開けたまま固まる私。

「ほれ、どけ。さぁ、お嬢様、こちらですぜ」

「ありがと、ゲール」

「いえいえ」

おっさんは私の頭をつかんで、思い切り後ろのほうへと押し出した。転ばなかっただけマシなのかもだけど、つかまれたところが、すごく痛い。

「そうねぇ、ゲール、これなんかどうかしら」

「さすがですね、お嬢様。では、この薬草採取に参りましょう」

「よろしくね」

私は無言でこのやりとりを見つめている。他の冒険者たちは、彼らにまったく目もくれない。これって、いつものことなのだろうか。

短期間とはいえ、ここでクエストをいくつかこなすつもりでいるだけに、面倒そうな人たちとは関わり合いたくない。できるだけ、あの人たちとは離れたところでできるクエストにしないと、と強く思ったのは言うまでもない。

やっとお嬢様たちが壁から離れてくれたので、じっくりとクエストを選ぶことができた。でも結局、私が取ったのも同じ薬草採取。ただし、薬草の種類が違う。採取の量は30枚。受付のカウンターにクエストの紙を持って向かう。今日は、昨日の赤毛のお姉さんはいないみたいだ。

カウンターに座ると、ちょっと色っぽい感じのお姉さんに紙を差し出す。

「はい、こちらのクエストね。ギルドカード、貸してくれる？」

「はい」

お姉さんが黒っぽい箱の上にギルドカードを置くと、ピカッと一瞬だけ光った。

「はい、登録しました。期日内に完了報告がないと、未達成の実績が付くから気を付けて」

「えと、これは罰金とかは取られないんですか？」

「こういう採取系には罰金はないわ。未達成の実績だけよ」

それでも未達成が重なると評価が下がるらしい。気を付けよう。

「ちなみに、今回の薬草は……ハプン草ね。これは街の北側にある草原に分布してるわ。最近、魔物の姿を見かけるらしいから、気を付けてね」

「は、はい」

まさかの魔物発言。たぶん、私の周辺には弱い魔物とかは出てこないと思うが、気を付けるに越したことはない。

お姉さんからギルドカードを受け取り、バッグにしまうふりをしてアイテムボックスにしまいこむ。バッグの中じゃ、そのうち落としたりして失くしそうだ。

カウンターから離れようと立ち上ったら、さっきのお嬢様とスキンヘッドのロリコンがまさに出て行こうとしているところが見えた。あの2人以外にも、2人ほどお付きの人っぽいのがついている。ちょっと若い従者っぽいのと、弓を背負ったひょろっとした若い男。もしかして、彼女の護衛だろうか。護衛付きで薬草採取って、どうなのよ、と思って見ていると「ああ、あれね」とお姉さんが声をかけてきた。

「あれ、うちの領主のところのご令嬢。といっても、末っ子で甘やかされてるんだけどね」

「そうなんですか……」

採取場所はあっちとは真逆だから気にするな、とのこと。その言葉に私はペコリと頭を下げると、出口へと向かい、ギルドの重いドアを開けて外に出る。

人の流れに乗ってしばらく歩いてから、少しだけ壁際に寄って、ナビゲーションを呼び出して地図を確認する。この街を地図で見ると、北側にも出入りのできる門があるのが分かった。

「よぉし！　頑張りますか！」

私は一人で気合を入れると、北側の出入り口へと向かう。ナビゲーションの地図情報を見ながら、この辺だろうな、というあたりにきてみる。

実は、乗合馬車で地図情報を調べている間に『サーチ』なんていう便利なスキルが派生していたりする。アルム様、大盤振る舞いだ。ありがとう！　ありがとう！　ありがとう！

せっかくなので、周辺を『サーチ』してみたけど、一つも『ハプン草』なんて文字は見当たらない。もしかして、既に刈り取られている？

再びナビゲーションの地図情報のほうで、今度は『ハプン草』を探してみる。

「あれれ……もっと北側のほうに密生してるっぽいじゃない」

最初から、こうしておけばよかったか。領都と今の自分の位置からの距離で考えると、そもそも言われた場所の倍の距離にある森らしきところの入口あたりにありそうだ。

仕方ないから、頑張って歩いて、歩いて、歩いた私は、森の近くまできた。しかし、『ハプン草』を探す前に腹が減ってしまった。

「とりあえず、先に腹ごしらえっと」

ちょうど座ってもよさそうな草の上に、よっこいしょ、と、ついついおばさん臭く呟きながら腰を下ろす。アイテムバッグからリンゴ1個とナイフ、木の皿を取り出す。さすがに丸かじりする気はない。皮を剥いて4つに切り分け、1つずつ食べ始める。シャリシャリしていて美味しい。

空は曇天だけど、心地よい風にピチピチと鳥の鳴き声が聞こえて、のどかだ。こんなところでピクニック気分になるとは。これで魔物がいると言われてもピンとこない。そもそも、この世界でまだ魔物に出会ったことがないから、余計にそう感じるのかもしれない。

リンゴを食べ終えると、残った皮が目に入った。アップルティーに使えそうだ。せっかくだからと乾燥の魔法『ドライ』で水分を飛ばして、アイテムボックスから出した空の麻袋に入れてしまう。

「そういえば、調理道具とか全然持ってないわね」

あっちの世界でもアウトドアとかに興味はあったけど、やったことはない。だから、どんな道具があればいいのか分からない。でも、こっちは野営とか当たり前っぽいから、道具屋さんとかに行けば、一通り揃《そろ》えられるかもしれない。これから先、乗合馬車で移動する間に手に入れたものを調理する機会もあるかもしれないし、前の宿屋みたいなこともある。それに、城から手あたり次第に入れてきた食材も、せっかくだから使いたい。

調理道具以外にも、買っておかないといけないものは、たくさんありそうだ。アルム様からいただいてるお財布（の中身）、大活躍しそうだ。このクエストが終わったら、道具屋さんに直行だな。

「最初の町じゃ、そんなこと考える余裕もなかったもんなぁ」

しみじみ思いながら、立ち上ってお尻のあたりをパタパタと叩いて、周囲を見渡す。私以外の冒険者の姿はない。

「よし、一気にいきますか」

勢いよく『サーチ』を発動。ポポポポポンッ、と目の前に広がる文字の多さに、びっくり。

「うわっ、どんだけよ!?」

うほうほしながら『ハプン草』を摘《つ》んだのは、言うまでもない。

クエストの目標である枚数以上に手に入ってしまった『ハプン草』。ギルドでも普通に買取りをしてくれそうだけど、今のところ、お金はアルム様からのお小遣いで足りそうだから、一部は売らずに自分用に取っておくことにする。

この『ハプン草』、傷薬になる薬草で、王都で薬師のおばあちゃんも乾燥させたものを保管していたのを思い出した。採ったばかりのものが青々しているのと比べると、おばあちゃんが使ってたのは茶色く変色していて、同じモノとは思えない。

鑑定で調べてみると、品質によって効能が変わるのもそうだけど、採りたての状態で調薬に使ったほうが効果があるということも分かった。乾燥したものでも傷薬として使えるけど、治りの早さや、傷の残り方が違うようだ。せっかく『調薬』のスキルを得たのだから、どこかのタイミングで自分でも薬を作ってみたいものだ。

2つの麻袋を用意して、ギルドに出す分と、自分用とに分けた。特に、状態のいいものを多めに自分用に取っておくことにした。悪いのも取っておいたのは、お試し用。絶対、失敗する自信がある。

さくさくと調子よく『ハプン草』を採っていると、その近くに他の薬草もいくつか生えているのに気付いた。例えば、熱さましに効くという『タイムン』、下痢止めに効く『メディカ』。この辺は、そういう薬草が多いようで、この機会を逃す私ではない。

一方で、ポーションの材料になりそうな『モギナ』や『メメナ』のような薬草は、こういう草原のようなところには生えていない。たぶん、この森の奥のほう、魔物とかがいそうなところに生えているのだろう。

立ち上がって、森のほうに目を向ける。入口付近は木がまばらだから、まだ日差しが入っているけど、ちょっと行けば、鬱蒼《うっそう》とした感じになっている。

今の自分では、採りに行く勇気はない。魔法とか色々使えるはずだけど、まだ経験値が低すぎて使いこなせないだろう。たとえ、私の存在で弱い魔物が出てこなくても、強いのが出てきたら一発でやられてしまいそう。想像しただけで、ブルルッと身体が震えた。

「そろそろ、戻るかね」

夕方というには少し早いけど、距離から言っても、領都に着く頃には日が沈んでいそうだ。斜め掛けした見せかけ用の肩掛けバッグを掛け直すと、私は鼻歌交じりに領都へと戻り始めた。


ギルドに着く頃には、街の中はあちこちで明かりが灯り始めていた。当然、ギルドの中も、戻ってきた冒険者たちが受付や酒場にあふれている。

「失敗したなぁ……時間、間違えた」

もう少し早くか、反対に遅いほうがよかったかもしれない。騒がしいなと思って見てみると、受付付近に見覚えのあるスキンヘッドが輝いている。こんな時間に、あのお嬢様のパーティも戻ってきているのか。私と違って、パーティで行っていたのだから、もっと早く戻っててもおかしくないのに。スキンヘッドのガハハ笑いが聞こえるにつけ、トラブルの予感しかしない。

時間をずらすために、一度外に出ることにした。

空が暗くなっても街中は明るいせいで、思いのほか、人通りは多い。夕方に入ってきた乗合馬車のせいもあるのかもしれない。ギルド近くには、屋台みたいなのがいくつか並んでいる。たぶん、クエスト上がりに立ち寄る人が多いのだろう。私も時間潰しがてら、食べ物屋らしき屋台をひやかしながら歩く。中でも、肉の香ばしい美味しそうな匂いが漂ってくると、空腹を刺激する。宿の夕食も楽しみにしていたけど、こういう買い食いは別腹だ。

「おじさん、これ、いくら?」

見るからに肉肉しい感じの串焼き。焼き鳥っぽいけど、一個一個が一口サイズよりも、ちょっと大き目。艶やかな飴色に輝く様に、ゴクリと喉を鳴らす。どんな味付けなのか、香ばしい匂いに釣られてしまった。

「ポロ鳥の串焼きは1本、銅貨3枚」

「じゃあ、1本ちょうだい」

「はいよ」

銅貨を渡しながら、差し出された串を受け取る。その場でまずは一口。タレの味も濃いけど、肉自体に独特の味がある。でも、うまい。弾力のある肉をあむあむと咀嚼《そしゃく》しながら、店から離れ、壁際に寄る。最後の一個を串から引き抜いて、大事に味わっていると、目の前をずいぶんと立派な馬車が走っていく。

偉い人でも乗っているのか、と思って見送っていると、ギルドの前でゆっくりと止まった。1人の男性が降りて来たけれど、そのままの場所で誰かを待っているようだ。街の人たちからの迷惑そうな視線を気にもせず、ずっと姿勢よく立ち続けているって、すごいな、と思っていると、ギルドのドアが開いて、お嬢様とスキンヘッドのパーティが現れた。

まさかの、お出迎えの馬車。さすが領主のご令嬢。お供の冒険者にも、待っていた人にも挨拶もなしに、馬車に入っていくと、そのままギルドの前から去っていく。見送りに来ていた冒険者たちは再び、ギルドの中に入っていく。もしかして中の酒場に戻るのか、とっとと出て行ってくれればいいのに、と忌々《いまいま》しく思いつつ、私は再びギルドへ向かう。

中に入ってみると、さっきよりは落ちついたみたいだが、やっぱりザワザワしているのは変わりない。あのスキンヘッドたちは酒場の奥のほうで盛り上がっているみたい。馬鹿騒ぎしている声が聞こえてくる。

私はさっさと受付のほうへ向かう。今朝、カウンターにいたお姉さんの姿はなくて、昨日相手をしてくれた赤毛のお姉さんがいた。相変わらず無表情。空いているカウンターは他になかったから、その受付へと向かう。

「今朝受けたクエスト、薬草採取してきたんですけど」

「では、こちらに出してください」

「あ、はい」

肩掛けバッグから取り出すと見せかけて、アイテムバッグから麻袋を取り出す。ちゃんと、ギルドに渡す用だ。

「確認させていただきますね」

お姉さんは1枚1枚、チェックしている。カウンターの上に並べられる『ハプン草』、何気に品質別に並んでる。一応、バラバラにしていたのだが、比率が3分の1ずつになっているのだ。そう思うと、内心、ドキドキする。

チラリと視線を向けられた時、ドキッとしたけれど、ニコッと笑ってみせる。お姉さんは表情を変えずに、再び、チェック始める。なんか、怖い。だから人が並んでなかったのか？　などと、失礼なことを考えている間に、チェックは終わったようだ。

「……はい、確かに枚数ございます」

「よかった」

ギルドカードを渡して、また黒い箱にかざすと、ピッと音が鳴る。これで記録されたってことなんだろう。

「あの、もし多めに持ってきた時は、買取もお願いできるんですよね」

「はい。その場合の窓口はあちらになります」

お姉さんは、受付の奥のほうを指さした。『買取』『解体窓口』という看板が下がっている。

両方ともに何人か並んでいるようだ。今は売らないので、そのまま、ギルドカードと初めての報酬を受け取ると、お姉さんに挨拶をしてその場を離れようとした。

「おっと……なんだぁ？　このちびっこいのは」

目の前に立ちはだかる大男。まさかのスキンヘッドに、びっくりする。さっきまで奥の酒場にいたんじゃなかったのか。あまりの酒臭さに、眉間に皺が寄る。

「ああ？　なんだ、その面はぁ？」

「ゲールさん、飲みすぎですよ」

絡み酒か、とイラッとしてる私。私の背後にいた赤毛のお姉さんが冷ややかな声で注意する。

ギルドでトラブルを起こすのは禁止なのではなかったか？　それよりも、私は、帰りたいんだが。

ゲールと呼ばれたスキンヘッド。あの短時間でどんだけ強い酒を呑んだら、ここまで酔うのだろうか。そのまま私に絡んでくるかと思ったら、スキンヘッドはカウンターのほうに近寄っていく。

「キャシーは、どこだぁ」

何をしにきたのかと思えば、お気に入りの受付のお姉さんがいないか、見にきたらしい。ジロジロと受付の奥のほうを覗き込もうとしている。

「彼女は今日は休みです。というか、いい加減、あちらに戻ったほうがいいのでは？」

淡々と注意する赤毛のお姉さんを、ちょっと尊敬。スキンヘッドは不満そうに鼻を鳴らして、酒場に戻ろうとした時、まるで八つ当たりでもするように私の頭に拳を落とそうとした。

「うあっ……？」

「……おいおい、あぶねぇなぁ」

ヤバい、と思って腕で頭を守ろうとした時、ちょいと低音のいい感じの声が聞こえた。

「んあっ⁉　い、いてててっ！」

こっそり目を上げてみると、黒っぽい服装をした30代くらいの男の人が、スキンヘッドの腕を捻り上げていた。見かけはスキンヘッドよりも細いのに、簡単に抑え込んでいる。なんか、昔見た時代劇の一シーンみたいだ。２人の格好は完全に、西洋風だけど。

「大の男が、ガキ相手に八つ当たりしたら、いけないなぁ」

呑気に言うセリフが、ハマっている。もう何度も言ってるセリフなんじゃないのかな、と思うくらい。ちょっとカッコいい、と思って、もう一度チロリと見て血の気が引く。

――この人、昨日、乗合馬車のところにいた人じゃないか。

（……逃げなきゃ！）

ドキドキしながら周囲を見渡す。みんな、私なんかよりも、目の前の男のほうを見てる。逃げるなら今しかない。壁際に寄って隠蔽スキルを発動した私は、ギルドから逃げ出すためにそろそろとドアに向かう。

男は、ほれっ、と軽くスキンヘッドを床に転がした。

「くそっ、覚えてろ」

「いちいち覚えてられるかよ」

パンパンと埃を払うかのように手を叩いて、私が立っていたところを振り向いた頃には、当然、私はいない。

「あ、あれ？」

男が訝しがる声が背後で聞こえる。

まさか、まだ、あの男がいるなんて思わなかった。もうギルドに行くのはやめておこう。明日は色々と買い物したいと思っていたのに。目立たないように動かなくては、と強く思いながら宿へと向かった。

◆◇◆◇◆

兄のリンドベル辺境伯から伝達の青い鳥が届いたのは、王城内の自分の部屋へと戻った時だった。

今回は第二王子のヴィクトル様の護衛のために、外交官たちとともにシャトルワースの王城に泊まることになっていた。近衛騎士は私の他４名が付き従い、交代でヴィクトル様の部屋をお守りしている。実際には、私たち以外にも王家専属の影を従えていらっしゃるが、それはシャトルワース側に知らせる必要はない。

「どういうことだ？」

それに記された義姉上《あね》の言葉に唖然とする。

「まさか」

兄夫婦の娘が儚《はかな》く亡くなった話は、転移の間でシャトルワース王国に向かう直前に聞いていた。兄からは、こちらは大丈夫だから、と言われ、ヴィクトル様とともにこの国に赴いた。

それなのに、兄夫婦の元に生まれるはずだった娘の魂の持ち主が、このシャトルワース王国に『聖女』として召喚されているという。しかし、滞在して1週間以上経つというのに、それらしい話は聞かない。

読み続けると、どうも『聖女』は既にこの城から逃げているらしい。彼女の容貌、必ず連れて帰ってくるようにとの言葉に、唸ってしまう。

「どうしたものか」

兄の言葉を信じないという選択肢はない。義姉が賜《たまわ》った神からの言葉という不確かな情報であってもだ。しかし、だからといって、私自身が王子を放って探しに行くわけにもいかない。

まずは現状を把握する必要がある。

「オズワルド、カーク」

「はっ」

「はっ」

どこに潜んでいるのか、名前を呼んだだけですぐに現れる2人は、隠蔽のスキルを持つ、私個人に付いている従者たちだ。目付きの鋭いほうが兄のオズワルド、たれ目でおっとりした雰囲気をしているのが弟のカーク、私の幼馴染《おさななじみ》でもある。

「この城内の様子を、少し調べてきてもらえないか……特に、魔法師団あたり、もしくは教会周辺」

「よろしいので?」

私よりも年上で兄と同い年のオズワルドは、厳しい眼差しで問いかける。今回は友好目的での訪問なのに、ということなのだろう。

「急ぎ調べてほしいのだ……この国で『聖女召喚』が行われたのかどうか」

「まさか」

「うん、私もまさかと思う。しかし……兄上からの情報だ」

「ヘリオルド様が」

オズワルドの驚いた顔に、私も苦笑いを浮かべる。

「ああ、だから、その情報が正しいかどうかを確認したい。そのうえで頼みたいことがある」

「頼みたいこと、ですか」

私と同い年のカークが、訝し気に問いかける。

「まずは『聖女召喚』だ」

「はっ」

「はっ」

2人は返事をするとともに、姿を消した。高レベルの隠蔽スキルを持つ彼らなら、すぐに情報を拾ってくるに違いない。今後のことは、それからだ。私は炎の魔法を使って、兄からの手紙を掌で燃やすと、小さくため息をついた。


調査の結果は、次の日の朝には出揃ってしまった。

「まさかの黒だとはな」

オズワルドは魔術師団から、カークは教会から情報を得てきた。

「魔術師団の上級魔術師の多くが、先週3日ほど休みをとっておりました。最近は大きな討伐も戦いもありませんから、これは多大な魔力が必要となる召喚を行ったことによるものと思われます。また、魔術師団の団長補佐、イニエスタ・マートル氏が、第二王子のエドワード様のところに頻繁にご機嫌伺いに行かれております。それらの事実から『聖女』様が召喚された可能性は高いかと……ただ、理由は分かりませんが、第二王子はマートル氏に再度『聖女』様を召喚するように命じていたようですが、マートル氏は渋っていたようですね」

「教会側では、一部の大司教がそれに関わってるようですねぇ。『聖女』様に会わせるようにと、何度もマートル氏に接触しようとしていますが、全然、会わせてもらえないみたいです」

「どうも逃亡されたのは、今から3日ほど前のことのようです。メイドが1人、解雇されております。そのメイドが『聖女』様を担当した日に、逃亡されたようです。また、その日の王城の食料が軒並みなくなっていたとのことで、騒ぎになったとか」

「え、兄さん、まさか、『聖女』様が盗みをしたっていうのかい？」

「可能性はある」

難しい顔で肯定するオズワルド。

「メイドの話は聞けないか？」

「無理ですね……既に、死体となっておりました」

2人がかりで得られた情報だが、調べようとしなければ私の耳には何一つ入ってこなかった。

メイドが消されたことからも、秘密裏に行われたことは確かだ。何のための召喚なのか。

「それとですねぇ、冒険者ギルドに人探しのクエストが出ていました」

カークはクエストの内容を控えた紙を差し出した。

『城で保護していた、外国から来たと思われる老婆が行方不明。髪は短め、白髪交じりの黒、小柄、細身』

「……それが『聖女』だと？」

「いえ、『聖女』とは記載されてませんでしたが『城で保護した』と書かれている点が」

「なるほど。しかし、『聖女』といえば若い女性ではないか？　それに、私たちが探してるのは少女だぞ」

「……そこが分からないところなんですよねぇ」

腕を組みながら、カークも自分の書いた紙を見る。

「……とにかく『聖女召喚』は行われたわけだな。しかし、どうやってだか『聖女』は逃げ出した。それが老女であろうと少女であろうと、探し出して我が領へとお迎えする。それが兄上の望みだ」

「はっ」

「はっ」

「王都の中で見つかっていないということは、無事に脱出されているのかもしれない。まずは、乗合馬車の窓口へ行って、黒髪の少年か少女、もしくは老婆が1人で申し込んでいないか、調べろ。分かり次第、後を追え。決して、シャトルワースの連中に気取られるな」

「はっ」

「はっ」

　2人がそのまま部屋を出ていくと同時に、近衛騎士の同僚が入ってくる。

できれば私も後を追いたいところだが、今日までは王子のそばを離れるわけにはいかない。これが終われば王子たちには転移で国にお帰りいただき、私も動くことができるはず。

　少女の行方を気にしながらも、私は顔に出さないように、同僚と今日のスケジュールを確認するのであった。

◆◇◆◇◆

早朝、乗合馬車が集まっているロータリーに向かう。出発の時刻には、まだ早い。

前日に宿屋のおばさんにチェックアウトの時間を言っていたものだから、わざわざ昼食にと、パンと大きめのチーズの塊、それに汁気たっぷりの桃のような果物を用意してくれていた。私はありがたくいただいて、しっかり斜め掛けのバッグに入れると見せかけて、アイテムボックスにしまいこんだ。

結局、ギルドから戻ってきた翌日は、色々と買い物することにした。

道具屋で野営に使えそうな道具を一式。簡易テントみたいなものとか、毛布とか。小さな手鍋みたいなものもあった。それに、調薬するためにと、ちょっと小さめなすりこぎとすり鉢、それに小分けにする小さな陶器の壺もいくつか買った。割れ物だけに普通なら心配するところだけど、アイテムボックスがあるから気を使わないで済むのは、ありがたい。

食料はお城でいただいてきたものが、まだまだあるんだが、屋台を見てたら美味しそうな串焼きの肉があったので、それも思い切り衝動買いしてしまった。

他の店も見て回って色々買ったものだから、かなりの量になってしまった。さすがに斜め掛けのバッグに入っている量としては無理があったので、途中でリュックサックみたいなバッグも買った。これから先、町と町の間が長いのは分かっているだけに、変に思われないことが大事だと思う。

一応、ギルドで会ったあの男を気にしながら店を巡ったけれど、遭遇することも姿を見ることもなかったのはラッキーだったと思う。残念だったのは、あの時焦りすぎて、敵用のマーカーを付け忘れたことだけど、あえて、きっと大丈夫、と自分に言い聞かせた。

今度の乗合馬車にも護衛の冒険者がついている。女性と男性の組み合わせのようだ。この前見た、ボンテージみたいな格好の女性ではなくて、普通に冒険者っぽい格好の人で、ホッとする。さすがにアレはない。2人とも他の護衛の人たちと情報を交換しているのか、真剣な顔で話をしている。

私も一応、冒険者にはなったけど、荒事ができるとは思えない。護衛のクエストを請け負えるのは、確かCランク以上からだったはず。私には縁遠い話だろうな、と思いながら彼らを見ていた。

既に何人かの乗客が御者と話してるようなので、彼らの後ろに並ぶ。私の順番になったので木札を見せ、そのまま馬車の中へと乗り込んだ。

街道の旅は順調だ。

天気が崩れることもなく、魔獣も襲ってこない。御者のおじさんや、冒険者のアンディさんとメロディさんも、不思議がっている。

休憩のたびに、3人とは少しずつ話をするようになって、冒険者の2人とは名前を教えてもらうくらいには親しくなった。2人の乗っている馬も何気にかわいい。聞いてみたところ、どうもこの時期のこの街道沿いは、天気が崩れやすく、低ランクながら魔獣もよく現れるのだという。それなのに護衛の冒険者が2人って大丈夫なんだろうか、と思ったけど、今までもこの2人だけで護衛をやってきたらしい。ちなみに恋人同士ではないそうだ。残念。

天気は分からないけど、魔獣が出ないのはたぶん私のせいだろう。警戒している冒険者にしてみれば肩透かしかもしれないが、襲われないに越したことはないから、それはそれでいいんだと思う。

領都を出て3日目、山の麓《ふもと》にある町にやってきた。

領都に比べればだいぶ小さいが、そこそこ活気がある。メロディさんによると、この山には小規模ながらダンジョンが存在するらしい。そのおかげもあってか、小さいながらも冒険者ギルドもあるそうだ。

何といっても、『ダンジョン』と言えば、ファンタジーの王道！　と、勝手に1人でワクワクしてしまうのは、しょうがないと思う。残念ながら、逃亡中の私がそんなところに行けるわけもなく、話を聞くだけで満足するしかない。

ここのダンジョンの階層はそれほど深くはないそうだ。そんな中、魔物からドロップして得られるのは素材や魔石だけではなく、山だけに色々な鉱石などが多く得られるらしい。アンデイさんたちもたまにお小遣い稼ぎをしにくるそうだ。

「それでは、出発は明朝6時の鐘ですんで。遅れないようにお願いします」

御者のおじさんの言葉に、乗客たちはそれぞれに解散していく。私もさっそく宿屋探しだ。

さすがダンジョンが近くにある町らしく、宿屋がいくつかあった。前回の経験もあって、一番こじんまりした感じの宿屋が目に留まった。ドアのそばの花壇には様々な色合いの花が植わっていて、手がかけられている、そんな感じがした。こういうとこに目がいく主人だったら、期待してもいいだろうか。

「ん？」

ドアに手を伸ばそうとした時、誰かに見られている気がして、周囲を見回した。しかし、普通に活気のある通りであることに変わりはない。悪意のあるものだったら、スキルで感知するはずだ。

「気のせい？」

首を傾げながらも、私はドアを開けて宿屋の中へと入った。

翌日、曇り空の下、乗合馬車は山道をゆっくりと登っていく。

昨日までは好天に恵まれていただけに、少しばかり残念ではある。まだ、雨が降っていないだけマシなのかもしれない。あまり道幅の広くない街道だけに、雨が降ってぬかるんでたら最悪だったかもしれない。

乗合馬車の中に少し目を向ける。ほとんどは領都からの乗客なのだが、1人だけ年配のおばさんが先ほど出発した町から乗り込んできていた。普通だったら、新しい乗客が乗って来ていようが気にしない。できるだけ誰とも関わらないようにと縮こまって存在感を消すだけだ。

しかし。このおばさん、悪意感知に見事に引っ掛かっているのだ。

見た目はおっとりした感じで、どこにでもいるおばさんなのだけど。なんなんだろう。一番端にいるから、奥にいる私からの視線には気付いていないだろうし、別に私に対しての悪意という感じでもない。こういうのは、何に対してなのか。

ちょっと不気味だったので、普段は人に向けてはやらない『鑑定』をしてみた。

『名前：マリアンヌ・ボー／年齢：47才／職業：盗賊』

まさかの盗賊⁉　いや、盗賊という職業というだけで、今、何かやっているわけでもないし、現行犯とかじゃないとダメだろう。ただ同じ馬車に乗っているだけでは、どうこう文句は言えない……はず。

「す、すみません……」

盗賊のマリアンヌさんがいきなり声を上げた。

「どうした？」

それに反応したのは向かい側に座ってたおじさん。このおじさんは領都から一緒に乗っていたから、彼女とは関係ないだろう。

「ちょ、ちょっと……お腹の調子が……」

「お、おっと、そりゃいかんな……アンディ！　御者に止まるように言ってくれんか」

おじさんが馬車から身を乗り出して、護衛のアンディさんに声をかける。

「どうした？」

「いや、こちらの女性が腹の具合が悪いっていうんでな」

「そうか……もうちょっとで少し幅の広いところに出る。そこまで我慢できんか」

「は、はい……」

私から見たら、怪しさ満点なんだが、根拠が示せないのが辛い。かといって、今、手持ちに下痢止めの薬とかないし。宿にいる時にでも作ればよかったのだろうか。外傷とかには効く初級ポーションならあるけれど、病気とかには使えない。いっそ、治癒をかけるというのもあるけど、それこそ悪目立ちする。そもそも、どう考えても、あれは仮病だろう。なんか仕掛けてくるってことなんだろうか。

そうやって悩んでいるうちに、アンディさんの言う場所が近づいてきたようで、馬車のペースが落ちてきた。万が一を考えて地図情報を表示してみたら。

（……ヤバい。赤い点……悪意感知で敵がポチポチ表示されてるんですけどぉぉぉっ⁉）

馬車が止まる前に、おばさんがいきなり飛び降りた。運動神経よすぎ。実年齢の私と同い年なのに。おばちゃんの私だったら、完全にこけている。

「お、おい、そんなにか」

その勢いにおじさんや、他の乗客もどこか呆れたような失笑をもらしたけど、たぶん、それ、違うからっ！

私も後を追うように馬車から降りて、後ろから護衛の２人に声をかける。

「アンディさん、メロディさんっ」

「何？」

「どうした？」

まだ気付いてないのか、２人は御者のおじさんのところで暢気《のんき》に話している。

（もうっ！　いつの間にか、あのおばさんの姿、見えないしっ）

「敵です！」

「はっ⁉」

「何ですって」

私の声に反応したかのように、前方の山の斜面から、そして後方からも、武器を持ったヤバそうな男たちが現れた。

(ちょっと、この人数じゃ、冒険者2人じゃダメなんじゃないの⁉)

「おらぁ、馬車の中に入って……」

『ストーンバレットッ！』

「ギャッ⁉」

「いてぇっ！」

私も完全にパニクっている自覚あり！

前から頭ではイメージトレーニングはしていた。火魔法とか風魔法だと、皮膚が焼けた匂いとか、血が出たりして嫌だなって思っていた。だから、石礫《いしつぶて》みたいなのだったらまだマシかと。

しかし、初めての攻撃魔法、加減なんかできない！

後方の敵全員に向けて石礫を投げつけたら、前列にいた男どもには見事にクリーンヒット！

でも後方にいるやつらには、かすり傷しか与えられなかったみたいで、倒れたやつらの間から、ケガの浅いやつらが出て来ようとしてる！

「てめぇっ！」

「ガキがぁ！」

もう、どうしよう!?

「ぎゃぁ！　『スリープ』！」

「はれぇぇ……」

みっともない叫び声とともに、無意識に出た『スリープ』。見事に全員、眠ってしまったみたいで、地面に倒れ込んでしまった。最初から、こうすればよかったか。一瞬、気が抜けたけど、剣が激しくぶつかり合う金属音が聞こえてきて、我に返る。

「グッ!?」

「アンディッ！」

まずい。前はアンディさんたち、２人しかいないんだった！　２人に襲いかかるやつら以外にも、御者のおじさんに向かってくるやつらもいる。おじさん、意外に戦えている。すごい。でも、何人いるんだ。慌てて前方に向かって走りながら「『スリープ』！」と叫ぶ。

「ふぁぁぁっ……」

「あぁ……？」

「なに……？」

バタバタと倒れていく男たちに、内心、やった！　と喜んだけれど、失敗してしまった。敵だけじゃなく、アンディさんたちまで眠ってしまった。

「ど、どうしよう……」

道に眠りこけている姿に、呆然としてしまう。外が静かになったせいか、馬車の中から乗客が続々と降りてきた。

「あれまぁ」

「これは、どういうことかいな……」

「坊や、魔術師さんだったのかい」

おばさんたちが、倒れているやつらを見ながら、私に声をかけてくる。

「いやぁ、まぁ……あ、それよりも、アンディさんたちを」

「あ、そうだな」

2人のおじさんが前のほうへと向かっていってくれた。

「ところで、あいつら、どうするよ」

乗客のおじさんたちが、寝ている男たちに目を向ける。

「こりゃぁ、このあたりをねぐらにしてる盗賊どもか？」

「たぶん、そうだと思うんですが……あの、こいつらを縛っておくような縄とかってありますか？」

「ん〜、御者に聞いてみないとなぁ」

みんなでどうするか話し合っていると、後方から複数の馬が走ってくる音が聞こえてきた。

「まさか、新手か？」

おばさんたちが慌てて馬車の中へ戻ろうとし、おじさんたちは自前のナイフを取り出して身構えた。当然、私もいつでも『スリープ』発動させる気満々で待ち構えていたけれど。現れたのは、馬に乗った３人の男たち。そのうち２人は黒っぽいマントに黒っぽい衣装。偉い人の護衛している騎士っぽい。一人はたれ目で優しそうな顔をしている。しかし。

（あぁっ！　もう一人は領都で私を探していた人だ！　あの怖そうな顔、さすがに忘れない。まずいぞ、まずい……）

「どうした、これは」

私がオロオロしていると、２人の後ろにいたもう一人の男の人が、馬上から問いかけてきた。

まさに海外の映画とかに出てきそうなイケメン登場。いわゆるアングロサクソン系の顔立ちに、緩く波打つ明るい茶色の髪を一つにまとめて、印象的な真っ青の大きな瞳。ちょっと目が離せなくなるイケメン具合だ。そのうえ、黒っぽい人たちに負けず劣らずいい体格してるし、着ているものも少し違う？

「はい、どうも盗賊に襲われそうになったところ……この坊主が助けてくれたようで」

「お、おじさん」

「坊主？」

（うわぁ、おじさん、私の背中を押すのやめて！　目立ちたくないぃぃぃぃっ！）

「これは、お前がやったのか？」

「あ、え、と……はぁ……」

「……ふむ」

（うわー、うわー、すごい目力だよー。怖い男の人も、なんか目を見開いて見てるしっ。気付いた？　気付いたの!?　怖いよー、怖いよー）

「詳しい話は後だ。まずは、こいつらを縛り上げろ。オズワルド、カーク、縄を」

「はっ」

「はっ」

サッと馬から降りる姿はカッコいいと思ったけど、一人はあの怖い人だ。

この3人、やっぱり王都からの追手なんだろうか。テキパキと指示を出すイケメンの様子をうかがいながら、私はどのタイミングで隠蔽スキルを使って逃亡しようか考えていた。

怪我をしていたアンディさんは、すぐに初級ポーションでなんとか治療できたみたい。本来なら、私が治癒とかできればいいんだろうけど、そこまでやらかしてしまうわけにはいかない。

他の人たちは全員馬車の中に入ってしまったけど、私は御者のおじさんや、アンディさん、メロディさんとともに、眠りこけている盗賊どもの前に立っている。そして、さも当然のように、イケメン上司が私の隣に立っている。

「……あのぉ」

「なんだ？」

イケメンすぎて、こっちが恥ずかしくなる微笑み。隣に並んで驚いたが、めちゃくちゃ背が高い。馬上にいた時は分からなかったけど、たぶん、190センチくらいあるんじゃないか？思いきり見上げなきゃ、顔が見えない。ちなみに、あの怖い人たちも、同じくらいデカい。

名前はイザークさんというらしい。とりあえず、悪意感知はしなかったから敵ではないんだろう。そういえば、オズワルドと呼ばれてた怖い人も悪意感知に引っ掛からなかった。でも、そもそも、この国の連中も、召喚したくらいだから悪意はないのだろうから、悪意感知じゃ見つけられない可能性が高い。私、ちゃんと逃げられるんだろうか。

盗賊どもを縛り上げている間に、3人にマーカーをセットした。私らしき女の子を探しているというだけで、要注意だし……そのうえ、3人とも鑑定ができなかったのだ。なんでだろう？

「いや、えーと、冒険者ギルドの人たち、まだですかねぇ」

キョトキョトと街道のほうの様子を見るふりをする。一応、イザークさんの指示により、オズワルドさんが、今朝出てきた街のギルド宛に、何やら魔法で通報したらしい。そんなこともできるのか、と感心する。

実際、私たちは、先ほど襲撃を受けた場所から、一歩も動いていない。盗賊の数、18人。まだ眠ってはいるものの、全員を縄で縛り上げている。でも、もう少ししたら目が覚めてしまうかもしれないから、後で重ね掛けしないとダメかもしれない。暴れられたら、面倒だ。

「もうそろそろ来てもらわないと、次の野営の場所に着く頃には真っ暗になっちまうんですが」

そう声をかけてきたのは御者のおじさん。

(そうだよね、そうだよね。ここから動きたいよね！　というか、私は猛烈に逃げたいデスッ！)

「……大丈夫だ。どうやら、ギルドの連中がやってきたらしい」

その言葉通り、街のほうから馬に乗った人たちの姿が見えてきた。山道をぽくぽくと馬の蹄《ひづめ》の音が聞こえてきた。

一応、無事に盗賊の引き渡しはできた。念のため、『スリープ』を2度掛けした。ゴロンゴロンと冷凍マグロみたいに馬車に放り込まれる姿は圧巻だった。

こいつら、懸賞金対象になっていたようで、ギルドの職員には感謝されまくった。主に、イザークさんが。捕らえたのは、私やアンディさん、メロディさんなのに。

どうも、イザークさんは有名人なのか、ギルド職員はへこへこ頭を下げまくっていた。懸賞金については、次にいく町にある冒険者ギルドで受け取るようにしてもらえるらしい。さすがに、また戻るのは面倒な距離だから。

(しかし、なんで、私はイザークさんと一緒の馬に乗ってるんでしょうね?)

私が乗っていたはずの乗合馬車は前を走っている。私だって、乗合馬車に乗りたかった。いや、実際、乗るつもりでいた。なーのーにー。イザークさんに襟首《えりくび》をつかまれ、現在に至る。

結局、イザークさんたちも向かう方向が同じ、ということで護衛代わりに同行してくれることになったのだ。それも、報酬はいらないと言われれば、御者のおじさんも断るどころか、感謝するのは当たり前。アンディさんたちにしても、後方の不安がないわけだし。むしろ、どこか尊敬の眼差しなんだが。

「……ミーシャ」

「は、はいっ」

背後に座るイザークさんは、ギルド職員にギルドカードの確認をされた時に耳にしたのか、自己紹介する前から、私の名前を呼んでいた。

完全に、私が狙われているのだろうか? と思うと、不安で仕方がない。あのオズワルドさんの上司っぽい人だ。絶対、何かある。チロッと下から見上げるようにすると、なぜかイザークさん、「うっ」と呻《うめ》いて、顔を手で隠しながら目を逸らした。

(えっ、もしかして、私、臭うのっ⁉　まさか、加齢臭⁉　ちゃんと『クリーン』かけたのに？)

慌てて、自分の身体の匂いをくんくんと嗅いでみるけど、自分では分からない！

「……あー、ミーシャくん。大丈夫、君は臭くない」

そう声をかけてきたのは隣に並ぶように馬を走らせている怖い人、オズワルドさんだ。顔つきはやっぱり怖いままだ。後ろではカークさんが笑いを堪えているのか、ぷぷぷっという音まですする。

「そ、そうですか」

(よかったよぉ。この状態で体臭キツイとか、まさかの加齢臭だったりとか、乙女（中身おばさんだけど）としては辛い。でも！　いつまでこの状態なんですかね！)

結局、私は緊張したまま、馬に乗り続けるしかなかった。

私たちは日が落ちる前に、なんとか野営のできる場所へと辿り着いた。思った以上に長かった。なにせ、無言の時間の長いこと。確かに馬車に一人で乗ってた時も長かったが、何気にナビゲーションで調べものとかしたり、居眠りすることもできた。でも、こうして馬上の人になって、背後に誰かがいる状態じゃ、何もできなかったのだ。

そのうえ、初めての乗馬。慣れないことはするもんじゃない。乗合馬車でも最初はお尻が痛かったものだが、乗馬もキツイ。太腿の内側とか、何気にすれていて痛い。肉体的にも精神的にも、辛いこと、辛いこと。一方で、イザークさんは聞いたことがない曲を、ちょっといい感じに心地いい低音で、ご機嫌な様子で鼻歌を歌っている。

イザークさんから話しかけられたのは最初だけで、それからは何も聞かれていない。当然、私から話しかけることもしなかった。むしろ、ずーっと、どうやって逃げるかしか考えていなかった。

「それじゃ、野営の準備をするから、坊主、手伝ってくれるか」

馬車を止めた御者のおじさんに呼ばれて、馬から降りようとしたら。

「ああ、私がお手伝いしますよ」

なぜかカークさんが行ってしまう。

「え、でも」

「大丈夫です。あなたはここで待っていてください」

にっこり笑うカークさん。この場から逃げるチャンスが奪われた。

「ミーシャ、一人で降りられるか」

いつの間にか、先に降りていたイザークさん。両手を広げて待ち構えている。

悩ましいところではある。でも、大丈夫と言えるほど、馬に慣れていない自覚はあったので、大きくため息をつきながら、素直にイザークさんの手を借りた。

「……軽いなぁ」

「ふえっ⁉」

耳元で囁《ささや》かれて、私はジタバタしながら、なんとかイザークさんの腕の中から抜け出した。

「イザーク様、からかわれるのも、ほどほどに」

オズワルドさんが、苦笑交じりに注意してくれる。怖い人という印象だったが、イザークさんを諌《いさ》めてくれるあたり、意外にいい人に見えてくるから、不思議だ。

「もう、やめてください」

「あははは！　いやぁ、ミーシャはかわいいなぁ」

そう言って、私の頭をぐしゃぐしゃっと撫でまくる。何の根拠があって、かわいいなんて言っているんだ？

(もう、結構、私、いっぱいいっぱいなんですけど！　乗客のおじさんや、おばさんからの生《なま》温《ぬる》い視線も辛いんですけどぉぉぉっ)

「イザーク様」

「ああ、分かってる」

苛々《いらいら》しながらボサボサになってしまった髪を直していると、イザークさんが腰を落として、私の顔を覗き込んだ。

「ミーシャ、ちょっと話があるんだが」

その言葉に悪い予感しかしない私だったけど、結局、逃げる暇はなかった。

乗客たちは馬車のそばに固まっている。炎の加減がいい感じで癒されそう、と、遠い目で羨《うらや》まし気に見つめる私。そのうえ、みんなが食事を始めているのに、私は少し離れたところでイザークさんたち3人に囲まれている。誰も助けてくれない。

(そうですよね。お強そうな3人に、アンディさんたちだって手を出そうとも思いませんよね！むしろ生温い目で見てる気がするんですけど、気のせいでしょうかっ！)

上目遣いで一人一人に目を向けて、背中に背負ったリュックサックの肩ベルトの部分をギュッと握りしめる。

「まぁまぁ、そんな怖い顔しないで」

そう宥めるのはカークさん。たれ目で優しそうに見えるけれど、本当のところなんて分からない。そもそも、領都でのオズワルドさんのこともある。ギルドでは助けられたけれど。そのオズワルドさんも、無言で見下ろしている。単純に怖い。

ジリジリと逃げ腰になっている私を、まるで小さな獣を捕獲しようとでもしているかのように、３人が囲ってくる。もう背後は山の岩肌が見える斜面。逃げられない。

（もう、最悪は魔法をかけなきゃダメかな。何がいい？　やっぱり、『スリープ』？）

「魔法はやめてね？」

にーっこり、という擬音がつきそうな笑みで注意したのも、カークさん。

「そんなに怖がらなくていい。我々は、君の味方だ」

「……味方？」

イザークさんが困ったように告げる。敵対反応はないけれど、王城の中の人たちだって敵として認識なんかできなかった。口ではなんとでも言える。訝し気に睨みつけてしまうのは、仕方がないと思う。たとえイケメンだからって、信用してはいけないのだ！　と、思っていたんだけど。

「アルム神様……と言えば伝わるか？」

「えっ!?」

こっそりと囁くように告げられたのは、あの神様の名前。第三者からその名前を出されるとは予想もしていなかっただけに、思わず目を見開いて固まる私。

イザークさんはにっこりと笑うと、肩ベルトを握っていた私の両手をはずさせ、その手をギュッと握りしめた。

「私の名前はイザーク・リンドベル。私の義理の姉が、アルム神様から神託を受けたのだよ……君は『聖女』様で間違いないかい？」

……リンドベル……リンドベル……リンドベル!?

おおう……まさかここで、アルム様が言ってたリンドベル辺境伯の関係者と会えるとは。

あっけにとられた私を、3人は困ったような、でもどこか面白そうな顔で見つめていた。

◆◇◆◇◆

『聖女』様がいなくなって1週間。たったそれだけの間に、魔の森の魔物たちの動きがじわじわと活発になってきていた。王都と魔の森との間には、側妃の一人であるマリエッタ様（第二王子の母君）の父君、カシウル公爵の領がある。今はなんとか領内でおさまってはいるようだが。

「まさか孫が『聖女召喚』をやらかしているとは、ご存じないだろうな」

苦々しい思いでコツコツとテーブルを叩きながら考え事をしていると、執務室のドアがノックもされずに勢いよく開かれた。

現れたのは、件《くだん》の第二王子。私は椅子から立ち上がり、頭を下げる。

「マートル！　新しい『聖女』はまだかっ！」

そんな私のことなど目も向けずに、鼻息荒く、『聖女』を求める言葉を吐く。本来ならば、ご自身のことしか考えていない第二王子を諫めるべきなのだろうが、何度申し上げても、聞く耳を持ってくださらない。漏れそうになるため息を飲み込む。

「申し訳ございません。只今《ただいま》、魔物の討伐が優先されているため、召喚の儀を行える魔術師たちが足りません」

「なに、魔物など、冒険者どもにでも任せればよいだろう！　『聖女』さえ呼べれば、そんなもの、どうとでもなる！」

「ですが、先日お呼びした『聖女』様がまだ……」

「見つからないのであれば、勝手に戻ったのであろう。そうでなければ、とっくに見つかっているはずではないか！」

確かに冒険者ギルドにも捜索の依頼を出しているが、まったくそれらしい情報は上がって来ていない。かといって、勝手に戻れるわけがないのだ。『聖女』様には申し訳ないことだが。

「とにかく、魔物討伐より『聖女召喚』だ！　マートル！」

それだけ言うと、さっさと出ていかれた。

母君も直情型の傾向がある。カシウル公爵家の血のなせるわざなのか。私自身にもカシウル公爵家の血（母が現公爵の妹）が流れているだけに、一概には言えないが。

どさり、と椅子に腰を落とす。

「……マートル様」

いつの間に現れたのか、私と同じ黒いローブを着た部下が一人、ひっそりとドアのところに立っていた。

「どうした」

「はい……魔物の動きからして、『聖女』様は北上されているのではないか、との報告が上がってきております」

「何？」

「冒険者や乗合馬車の御者などの間でも、魔物との遭遇率が下がり、移動時間が短くなったとの噂が」

「まさか……しかし、北上などと……どこに向かわれようというのだ」

「……さすがに、そこまでは」

私は再び立ち上がり、窓の外に目を向ける。

このまま、『聖女』様を見つけ、連れ戻したとしても、あの第二王子のこと、その場で殺してしまうかもしれない。だが、あの方が生きているかぎり、新しい『聖女』を召喚することはできない。

目を閉じ、大きくため息をつく。

「……急ぎ、手の空いている者を街道沿いの町に向かわせろ。『聖女』様を見つけ次第、眠らせてでも王都へお連れしろ……その時は、決して第二王子に気取られるな」

「……はっ」

返事とともに、姿を消す部下。

『聖女』様は、どこまで行かれてしまったのか。そもそも、どうやって王都を出られたというのだろうか。

「お会いできたら、その話も聞いてみたいものだ……」

私は再び自分の椅子に座る。

万が一にも、国境を超えられて他国に奪われてしまってはまずい。焦る気持ちを抑えながらペンを手に取り、隣国との間に置かれている砦《とりで》に詰めている友人へ、手紙を書き始めた。

4章　国境を越えよう！

山道を抜けると広い平原が広がっている。どんよりとした空の下、私はイザーク様に抱えられるように馬に乗っていた。何度か休憩を挟んでも乗合馬車には乗らずに、護衛の冒険者のアンディさんとメロディさん同様に、馬で移動している。

というか、イザーク様が離してくれない、というのが正しい。

馬車に乗り込んでいる乗客たちの視線はそれぞれ。おばさんたちは羨ましそうな。おじさんたちは、生温い視線。なんか勘違いしてない？　アンディさんとメロディさんにいたっては、上手いことやったな、って感じで、逆にイザーク様たちにお任せします、とか言ってたし。まぁ、確かに3人はギルドの職員からの覚えもよかった。

それよりも、乗合馬車を全然使ってないんだが、その分の代金は返してもらえるんだろうか。貧乏性と言われようが、アルム様のお小遣いであろうが、無駄遣いは嫌なのだ。

「次の街についたら、彼らとは別行動になりますので」

耳元ですまなそうに話すイザーク様。低音のいい声にちょっと背中がゾクッとする。

3人に囲まれて問いただされた後、彼らのことを鑑定させてもらった。だって、彼らが本当のことを話しているかなんて、分からないから。といっても、フル鑑定まではしなかった。そこはそれ、プライバシーの尊重だ。

結局、イザーク様は本当にリンドベル辺境伯の弟さんだった。部下のオズワルドさんとカークさんの様子を見れば、たぶん偉い人なのだろう、というのは予想できたが。まさかの、関係者だった、というのは予想外。なので、一応、『様』扱い。なにせ、お貴族様だもの。

そのうえ、アルム様は、私の母になるはずだった、イザーク様のお義姉様にまで連絡してくれているとか、至れり尽くせりでありがたい。とりあえず、お互いが探していた相手っぽいのは理解できたので、少しだけ警戒するのを緩めることができたのはよかった。

一方でイザーク様たちも、私を『聖女』と認識してしまったせいか、私への態度もどこか敬うような感じに変わってしまった。さすがに、他の乗客たちの前ではないけれど、時折、話し方も敬語とかになってしまっている。実際、私よりもだいぶ年下だから、違和感はないといえばないけど、普通に第三者から見たら、変だろうな、とは思う。

詳しい話は、次の街で乗合馬車から離れてから、ということになっているので、それ以上は聞けていない。何度か野営をしたけれど、周囲の状況からも、落ちついて話せなかった。

「街が見えてきました」

少し嬉しそうなイザーク様の声に、私は前のほうへと目を向ける。

まだ少し遠いけど、城壁に囲まれた姿がかすかに見えてきた。結構、大きそうな街だ。久しぶりに宿屋で寝られるかもしれない、と思ったら、少しだけホッとした。

立派な城壁に囲まれた街は、この前に訪れた領都と比べても遜色がないくらい。イザーク様によると、ここは隣国オムダル王国と接しているフルトン辺境伯の領都だとか。そう言われれば、しっかりした造りの家々が多いようだ。

街に入ってすぐ、イザーク様たちと一緒に、乗合馬車が集まっている建物に向かった。途中下車分の乗車賃を払い戻せないか確認するためだ。

混雑している中、受付のお姉さんに話を持っていくと、嫌そうな表情を一瞬浮かべて、グズグズと言い訳っぽいことを言い出した。

「すまないが、急いでるんだが」

イザーク様がそう声をかけてくれた途端、びっくりした後、満面の笑みですぐに対応してくれた。あまりの掌返しに、現金だなぁ、と思う。きっちりお金を取り戻して、乗合馬車のところに戻ってみると、他の乗客たちは、そのまま御者のおじさんから注意事項や明日の集合場所を聞いていているようだった。

「すみません、ここまでお世話になりました」

「おお、いやいや、こっちこそ色々と助かったよ」

「そうよ、ありがとうね」

「気を付けてな」

御者のおじさんや冒険者のアンディさんたちだけでなく、あまり話をしたわけでもないおばさんやおじさんたちにまで声をかけられた。ちょっとだけ、無愛想だった自分を思い出して恥ずかしかった。

とりあえずは宿を探さねば。そんな中、まるでこの土地を既に知っているかのように、カークさんとオズワルドさんの馬の進め方には迷いがない。歩みを速めて先に行くカークさん。宿らしき立派な建物に気付くと、その前に馬を止め、そのまま建物の中へと入っていく。

部屋の確認とかで時間がかかるものだと勝手に思ってたのだけれど、すぐに出てきて、私たちのほうへと駆け寄ってきた。

「お待たせしました。あちらの宿、押さえました」

「ああ。分かった」

連れていかれた宿の前に来てびっくり。向こうでいうところの高級ホテルってやつだ。思わず、大口を開けて建物を見上げてしまった。

「ミーシャ、おいで」

「は、はいっ」

いつの間にか馬から降りていたイザーク様に優しく呼ばれて、慌てて降りる。相変わらず、抱き下ろされるのは恥ずかしい。

先に歩きだしたイザーク様たちの後を追って、私も豪華なドアのほうへと足を進めた。


案内されたのは、ずいぶんと立派なスィートルーム。そのうえ、なぜかイザーク様と同じ部屋だという。だけど、頑張って、粘って、いくつか付いていた従者部屋の一つに落ちついた。

(さすがに天蓋付きベッドになんて寝られない！ そこはイザーク様のようなお貴族様が寝るところ！ それに、添い寝なんて、おばちゃんには必要ないからっ！)

「添い寝は冗談として」

メイドさんが持ってきたカートから、紅茶の入ったティーカップをテーブルに置きながら、サラッと流すカークさん。さすが高級ホテル。茶器もいいものを使っている。それにカークさんの所作も様《さま》になっている。執事の格好とかしたら似合いそうだ。

オズワルドさんは、厳しい顔つきのまま無言で出入り口のドアのところに立っている。この2人が兄弟というのが想像できない。

「我々はあなたをお守りして、リンドベル領までお連れしなければなりません。これから先、長い道のりです。まずは、そのあなたがゆっくりお休みいただけるようにと、こちらをご用意したんですが」

（だからって、イザーク様と同じ部屋はさぁ……）

中身おばちゃんでも、気恥ずかしい。なにせ、あちらでは一生、生で拝めないようなレベルの超イケメンなのだ。だからといって、イザーク様を従者部屋に寝かせるのも、まずい。

「警備のこともありますから、ご容赦ください」

「……はぁ」

別の部屋を用意してくれ、と言うのがわがままなのは理解できる。そもそも、3部屋連続して空いていなかったのだ。選択肢としては、他の宿屋もあったと思うんだが、こういうところのほうがセキュリティもしっかりしているからなのだろう。

正直いえば、一応『結界』張れるから、私としてはどこだってよかったんだが、まだそれは3人には伝えていない。というか、今までゆっくり話をする余裕などなかった。

「まずは、風呂で汗を流して落ちついてから食事にしましょう。詳しい話はそれからです」

「お風呂!?」

お風呂という言葉に思わず立ち上がる。

なんと！　このスィートルームにはちゃんとお風呂が備え付けられているらしい。お貴族様仕様なんだろう。一般的な宿屋にはなかったのだ。シャワーすらなく、いつも『クリーン』で誤魔化していたから、お風呂と聞いて涙が出そうになった。

そんな私の様子を、３人ともが面白そうな顔で見ている。しかし、どんな風に見られようとも、私の最優先事項はお風呂なのだ！

先に入るように勧められて、そのうえ、メイドを呼んで準備をさせる、とまで言われたけれど、そのくらいは自分でなんとかできるはず。ここは謙虚な気持ちは放り投げて、着替え（と言っても、王都でもらったお古のワンピース）とか色々入ってるバッグを抱えて、いそいそと浴室へと向かう。

久々の湯船は最高だった。さすが高級ホテル。蛇口を捻ったら、お湯が出てきた。どういう仕組みになっているのか分からなくて、ついつい鑑定してみたら、魔石なるもので動かしているらしい。すごい。

石鹸《せっけん》はあったが、シャンプー、リンスの類は見当たらなかった。短い髪だから石鹸でもいいやって、洗ってみたら、キシキシして失敗したと思った。その石鹸自体も、高級ホテルというわりにはいい匂いもあんまりしないし、品質がいいとはいえないのが残念。

30代から白髪を気にしていただけに、ヘアケアは気になるところ。後で手持ちの食用油でヘアオイルに使えそうなのがないか見てみよう。獣脂は臭そうだから、植物性の油だったらいいのだけれど。落ちついたら自作してみようか、とか真剣に考えてしまった。

そんな風に色々と考えながら湯船に浸《つ》かっていると、あっという間に時間がすぎていった。のぼせそうになったのでお風呂から上がると、お湯を抜いてサササッとクリーンの魔法をかける。イザーク様がすぐに入れるようにと、再び、お湯を入れるために蛇口を捻り、そのまま、浴室から出る。タオルドライした髪を今度は生活魔法の『ドライ』で乾かす。たまに使うからなのか、生活魔法って便利、とつくづく実感する。

のんびりと部屋に戻ると、既に食事の用意がされていて焦った。

「す、すみません、お待たせしてしまって」

「いやいや、ゆっくりできたかい？」

「あ、はい。あの、今、お湯を入れてるんで、止めてきます」

「ミーシャ様、それは私が止めてきますから」

そう言ってすぐに動くのはカークさん。その代わりにと給仕に立つのが強面のオズワルドさん。意外に手慣れていてびっくり。

「さぁ、ミーシャ、座って」

「あ、はい」

この部屋で食事ができるとは思わなかった。ただし、私とイザーク様の２人だけ。オズワルドさんたちの分は、また別なのだとか。なんか先にいただくのって申し訳ない。

整えられた食事を見て、テーブルマナーのことを思い出し、冷や汗がでる。パートで結婚式場のウェイトレスをやっていた頃にかじったくらいなんだが、大丈夫だろうか。

「気にせずに、お食べ」

「あ、はい……いただきます」

ついつい両手を合わせて言葉にする。そんな私をイザーク様が優しい眼差しで見つめている。野営の食事の時にやって、それは何かと聞かれたので、素直に食事の時の言葉だと教えた。それ以来、3人ともやるようになってしまった。私の後に続くようにイザーク様が「いただきます」と言う様子に、なんともくすぐったい気持ちになった。

食事のほうは、高級ホテルだからと期待してしまったせいか、今一つに感じてしまった。私としては、もうちょっと味が濃くてもいい気がしたけど、そこは、郷に入っては郷に従え、なんだろう。あっちの世界のモノと比較してはダメだな、と少し反省。テーブルマナーのほうは、大外しはしなかったようだ。特に注意とかされなかったから、大丈夫なのだと思う。

食べ終えてホッと一息ついたところで、いつの間にか部屋に入っていたメイドさんたちが素早く下げていく。最初、私みたいな貧相なワンピースを着ている女の子がいたせいか、みんな一様にギョッとした顔をしたけれど、何も言わずに仕事をして、そのまま行ってしまった。ただ一人、最後まで残っていた子が私を睨んでいた気がしたが、目を合わせる前に部屋を出ていった。

パタリ、とドアが締まり、ようやく私も含め4人だけになった。

ここから、私たちは現状把握と今後の方針について話し合い始めることになる。


カークさんが食後の紅茶を淹《い》れてくれた。

先に食事をいただいてしまったので、2人はどうするのか聞いてみると、この宿には食堂があるらしく、食事のついでにそこで情報収集もしてくるらしい。それも従者の仕事なのだろうか。

ありがたく紅茶に口をつけようとして、微弱な悪意を感知してしまった。無意識にナビゲーションで地図情報を開く。この部屋の外に一点、真っ赤ではないけど、ちょっとした悪意を持っている人がいるのが分かった。誰だか分からないけれど、防御だけはしておくべきかもしれない。誰だろう。思い浮かぶのは、さっきのメイドの子くらい。

「あの、ちょっと『結界』張ってもいいですか？」

「えっ？」

「結界？」

イザーク様たちの驚いた声をスルーして、私はティーカップを置くと、無言で結界を張った。

部屋の中の空気がピンッと引き締まった感じになる。これで、部屋の中には入れないし、ドア越しで話している内容は聞こえないはずだ。

「もう大丈夫だと思います」

「そんな技をお持ちだったのですか」

カークさんがびっくりしながら問いかけてくる。

「ええ、まぁ……これのおかげでなんとか凌《しの》いでこれたというか」

最初の町を出た後、一人で休む時は必ず、誰にも知られないように小さな結界を張っていた。運よく、悪いことを考える人がいなかったからよかった。

当然、オズワルドさんもイザーク様も目を見開いて、周囲を見回す。結界が張られているのが目に見えて分かるわけではないけど、何かしら感じ取るものがあるようだ。

イザーク様は軽く咳払《せきばら》いをしてから、私に向かって話し始める。

「ミーシャ、まずは改めて、無事に出会えてよかった。アルム神様にも感謝を」

「あ、いえ……こちらこそ、見つけてくださってありがとうございます」

アルム様が早い段階で、リンドベル辺境伯の奥さんに伝えてくれたおかげで、イザーク様が動いてくれたのだ。アルム様には感謝しかない。先にあの国の人間たちに追いつかれて見つけられていたら最悪だった。

そして、私が目指す場所を知っている人がいてくれるのは、本当にありがたい。ナビゲーションがあっても、現地のことを分かる人がいるほうが、何かと動きやすいというものだ。

何より、一人じゃない、ということの心強さは断然違う。

「兄と義姉には既に伝達の青い鳥で連絡を入れて、返事ももらっている。2人とも早く会いたいとのことだ」

「え、ああ、そうですか」

その言葉に、なんとか笑みを浮かべる。

確かに、私が転生していたら両親だったのかもしれない。でも、それだけなのだ。実際に、今の私には血の繋がりもないただの他人。でも、アルム様はリンドベル辺境伯を頼れと言っていた。会ったこともない人たちだけど、こうして弟に私の保護を求めるくらいなのだから、悪い人たちではないのだろう。

イザーク様は一瞬、躊躇《とまど》いながらも、私に問いかけてきた。

「ミーシャ、改めて、確認させていただきたいんだが、あなたは『聖女』様で間違いないかい？」

「あー。そう、ですね。たぶん。シャトルワースでしたっけ？　あの国の王子だか、魔法使いだか、なんかいっぱい人がいるところに呼び出されたんです」

「なるほど……それで、そのような結界が張れるのか」

「ん？　これはアルム様が与えてくださったスキルの一つです。本来、『聖女』には浄化しかできないそうですよ」

3人ともが驚いて声もない様子。仕方ないので、私は、今までのことを簡単に説明した。

もともと、病で死にかけていた私をアルム様がこちらに転生させようとしていたのに、シャトルワースのほうに召喚されてしまったこと、それを申し訳なく思ったアルム様が、色々とおまけを付けてくれたこと。そして、実年齢47歳という話も付け加える。

「おかげで病気のほうは治ったんですけどね」

「では……老婆というのは……」

度々《たびたび》びっくりした声を上げていたのはカークさん。

「あー、それ、王都のギルドで出てたクエストですかね？　失礼しちゃいますよね。老婆はないでしょうに」

ぷんぷんと怒る私を、みんなでジロジロ見ている。

「しかし、どう見ても老婆には見えんが」

「今はワンピースを着ていることもあって、普通に少女ですよね」

「ズボンを穿《は》いているのを見ると少年だけどな」

最後のオズワルドさんの言葉には、思わず苦笑い。

「えーと、アルム様のおまけの一つです。病気のほうは、こちらに召喚された後、治癒士というんでしたっけ？　その方が治してくださいましたけど、アルム様が転生の代わりに、とでもいいますか、若返らせてくださったんです」

そう話してみても、訝し気に見られてしまう。どうしたものか。

「じゃぁ……」

私は目を瞑《つむ》って左手の手首に付けている変化のリストに手を触れて、前の私の姿を思い描いた。ふわりと、身体の周りを柔らかい風が包む。

「……なんと」

「……すごい」

「ミーシャ？」

三者三様の言葉に、私も苦笑い。

たぶん、入院前のまだ健康だった頃の私の姿になっているはず。一応、自分の様子を確かめてみると、着ている服も、あの頃よく着ていたチェックのシャツにジーパンみたいな格好。体型は推して知るべし。

「一応、アルム様からいただいた変化のリストで、前の姿になってみたんだけど……ごめんなさいね。こんなおばさんで」

「い、いえ、とんでもありません。このようなご婦人を老婆だなどと」

「そうですね。ご年齢の割にずいぶんとお若く見えます」

「……全然、アリ」

最後のオズワルドさんの言葉に、バッと2人の視線が向く。

「あら、ありがとう。お世辞でも嬉しいわ」

クスクスと笑いながら答える私に、オズワルドさんは頬を赤らめる。

「……兄さんは、年上好きだったのか」

「オズワルド……」

2人の残念そうな視線に、オズワルドさんは気付きもしない。私は苦笑いしながら、元の姿に戻る。オズワルドさんの「もったいない」という言葉に、ちょっとだけ嬉しくなったのは内緒だ。


翌朝早く、私たちは馬に乗って、早々に街を離れることにした。

本当なら、この街で色々買い物をしておきたいところだが、私のアイテムボックスの中身（お城からパクってきたこと）の話をしたら、大受けされてしまい、であれば、すぐにでも街を出てしまおう、という話になった。

進路としては、このまま北上して国境を越えるのが一番だということになった。やっぱり魔の森を抜けるというのは選択肢としてありえない、と。なんでも、森の入り口あたりなら、冒険者のDランク（一応、私は初心者のGランク）がソロでも行けるけど、それより奥はパーティを組んでいかないとヤバいレベルらしい。マジで行かなくて正解。

ただ、乗合馬車では時間がかかりすぎるから、イザーク様たちの馬に乗せてもらうことになる。1人では無理だ。しかし、昨日までは乗合馬車に合わせてスローペースだったから、なんとか乗っていられたけれど、これから先、ペースを上げてとなると、不安しかない。

私たちは朝食もとらずに、チェックアウトした。その時もかすかに悪意感知が反応する。地図情報を開くまでもなく、視線を感じて目を向けると、受付の奥のほうからメイドの一人がすごい目で睨んでいるのに気付いた。これ、単純に私に対しての嫉妬ってことだろう。イザーク様のお仕事関連で何かあるわけではなさそうなので、少しだけホッとした。彼女の視線は当然無視して、私はイザーク様たちの後を追いかけた。

ドアの外には既に馬たちが用意されている。オズワルドさんたちが颯爽《さっそう》と乗っていく中、私は誰の馬に乗せてもらえばいいのだろうか、と迷っていると。

「ミーシャ、おいで」

満面の笑みで手を差し出したのは、イザーク様。

(はい、はい。そうですね)

私は苦笑いで手を伸ばすと、軽々と自分の前へと座らせる。いつものジーンズにグレーのフード付きマントの私は、他の人から見たら、完全にお子様従者だろうな。

「ミーシャ、しっかりつかまってろ」

後ろから抱えてくれているイザーク様の言葉に、素直に頷く。

馬はゆっくりと街の門を抜けたと思ったら、街道に出た途端、まさに疾風のごとく駆けだした。向かってくる風に短い髪が靡《なび》く。

昨日とはうって変わって、青い空が広がり、周囲の景色もどんどんと変わっていく。その様子に、若い頃、ペーパードライバーだった夫がレンタカーを借りてきて、初めてドライブに行った時のことが思い出された。その時も、窓を開けて入ってくる風に髪が靡いて、とても気持ちよかったことを思い出した。そして同時に、私が召喚される寸前の情けない夫の顔も頭に浮かび、自然と目に涙が浮かんできた。

そういえば、今までは自分のことで精一杯すぎたせいか、まともに夫のことを思い出したのは久しぶりかもしれない。

疾走する馬上で右手を外し、グイッと涙を拭《ぬぐ》う。

「どうした？」

心配そうなイザーク様の声が、耳をかすめる。

「ん、大丈夫。ちょっと目が乾燥したみたい」

「そうか」

そう答えると、イザーク様はギュッと抱きかかえた。

「目を瞑っててもいいぞ」

「はい」

私は、少しの間、過去に浸るために目を閉じることにした。


2回野営をし、小さな町で1回泊り、ようやく街道の先に国境の砦が見えてきた。

宿について言えば、この前みたいな豪勢な宿には泊まらなかったのでホッとした。確かに、ああいう高級ホテルっぽいのも泊まってはみたいけれど、お金もかかりそうなので、そう何度もはいいか、と思う。

野営では、一緒になるような冒険者たちや隊商もなかったので、リンドベル辺境伯家の話を色々聞かせてもらった。

私の両親になるはずだったリンドベル辺境伯は長男だそうだ。イザーク様はそのすぐ下の弟で、近衛騎士団で副団長をしているそうだ。まだ24歳で副団長って、どれだけ強いのだろう、と思ったが、なかなか、その力量を見せてもらう機会はない。私がいるかぎり、弱い魔物はこないから仕方がない。

その下には双子の男女の兄弟がいて、２人とも冒険者をやっているらしい。弟のほうは分かる。男の子だし。妹さんは伯爵令嬢なのにいいのか？　と聞いたら、両親も冒険者をやっているから問題ないらしい。そんな両親は息子にさっさと跡を継がせて、夫婦水入らずで旅に出ているとか。ちょっと、羨ましすぎる。

そしてオズワルドさんは辺境伯と同い年で、カークさんはイザーク様と同い年。何がびっくりって、てっきり30代だと思っていたオズワルドさんがまだ28歳だったってことにびっくりだ。

そうそう、双子もご両親も冒険者をやっているのだったら、彼らに頼めばよかったのに、と言ったら、イザーク様がちょうどシャトルワース王国にいたこともあって、頼まれたのだそうだ。そもそも、彼らが今どの辺にいるのか、イザーク様も把握していないらしい。かなり自由なんだな、と、笑ってしまった。

私たちは砦のある街に入るための列に並んで、既に1時間近く経っている。

「ずいぶんと並んでるな」

「どうしたんですかね？」

私も背を伸ばして前のほうを見るが、どうなっているのか分からない。それぐらい並んでいるのだ。

「なんでも、門のところでのチェックが厳しくなって時間がかかってるらしいぞ」

ちょうど前に並んでいた冒険者っぽいおじさんが、振り向きながら答えてくれた。

「なんで、また。何か起きてるのか？」

「いやぁ、そこまでは分からん。凶悪な犯罪者でも逃げてるのかね」

（凶悪な『聖女』が逃げてるかもしれませんけどね）

私はチラリと後ろにいるイザーク様を見上げる。ふむ。少し、不機嫌そう。

「王都絡みですかね」

ポソッとイザーク様に言うと、渋い顔で「可能性はないとはいえない」とだけ答えると、少しだけ進んだ列に合わせて馬をゆっくりと進めた。

結局、私たちが門の前についたのは、閉門間近。日は既に落ちてるけど、まだまだ私たちの後ろに列は続いている。

門が閉まってしまったら、この人たちって、どうなるんだろう？　と心配になって聞いてみると、そのまま並んだ状態で野営をすることになるらしい。自分たちがそうなったら嫌だなぁ、と思ってたら、私たちはギリギリ間に合った。

「次っ！」

衛兵の偉そうな声に、ちょっとだけイラッとする。長く待たされたせいもあるから、そこは許してほしい。

馬から降りた私たちは、それぞれに身分証を見せる。

「……リンドベル……はっ！　もしや、レヴィエスタ王国のリンドベル辺境伯のっ」

「声が大きい」

イザーク様の冷ややかな声に、衛兵もピシッと固まる。というか、リンドベル辺境伯って隣国の貴族なのに、こんな砦にいるような衛兵でも知っているほど有名なのか？　不思議に思いながらイザーク様を見上げるが、ちょっと怖そうな顔になっていたので、慌てて目を逸らした。

「言ってくだされば、脇の門から入っていただけましたのに」

「いや、私は一冒険者として旅をしているところだ。お気遣いは無用に願いたい」

「はっ！　さすがリンドベル……」

「もういいかな」

「す、すみませんっ。どうぞ」

衛兵の脇を通り抜け、馬を引きながら私たちが大きな門をくぐろうとした時、子供の悲痛な声が聞こえた。

「なんで、ばあちゃんがっ」

「うるさいっ、邪魔するでないっ」

老婆に近寄ろうとした少年を、衛兵が押しとどめている。

門の脇に、なぜか年配の女性たちが集められている。その周りを衛兵たちが取り囲んでいて物々しい雰囲気だ。それをまた遠巻きに見ている人たちの視線は、不安そう。どうも門のところで行われていたのは、旅人たちの中から老婆を選別していたようだ。老婆たちへの扱いの雑さに顔を顰《しか》めながらも、私たちは街の中へと入っていく。

街の宿屋は3軒ほどあった。まさに上中下、という感じ。夜の間はオムダル王国側の門は開かないこともあって、どこの宿屋もほぼ埋まっていたが、上の宿屋の特別室だったら空いているると言われ、仕方なくその部屋に泊まることになった。

「ほぇぇ、またスィートルームかぁ……お金大丈夫なのかな」

「ミーシャ様、どうかしましたか？」

「あ、いえ、なんでもないです」

オズワルドさんに呟きを拾われて、慌てて笑って誤魔化した。

カウンターでやりとりしているカークさんの様子を目の端に入れながら、周囲を見渡す。この前泊まった高級ホテルっぽい宿に比べれば、もう少し落ちついた雰囲気。私はこっちのほうが好きかも、なんて思っているうちに話がついたようで、皆が部屋へ向かうのを追いかけた。

通された部屋は、案の定、特別室。なんと、ワンフロア全部を使っていて、メチャクチャ広い。そのうえ、入口部分に従者やメイド用の小部屋があって、その奥にいわゆるお貴族様のお部屋があるのだ。びっくりである。そんなに利用する人がいるのかな、と思ったら、案の定、使われる頻度は多くないらしい。今回も空いていて、助かったわけだ。

私は無事にメイド用の部屋をゲットして（今回は最初から文句を言わせなかった）、それぞれに別れた。自分の部屋で荷物の整理をしていると、特別室のドアをノックする音がした。慌てて部屋から顔を出すと、既にカークさんが対応していた。

「イザーク様、お客様だそうですが」

「私にか？」

こっちは宿についたばかりだというのに、何者だろう、と不審に思う。

「はい、どうも、こちらの砦の守備隊長とのことなんですが」

守備隊長と聞いて、身構える私。わざわざ宿まで来るなんて。不安に思いながらイザーク様へ目を向けるけど、イザーク様のほうはいたって落ちついて見える。

「……分かった。下へ向かえばいいのか？」

「その必要はございません」

イザーク様の声に被せるように、ずいぶんと野太い声が返ってきた。

「……こちら、イザーク・リンドベル殿のご一行で間違いございませんか」

（うわぁ……個人情報駄々洩れかい。勝手にここまで案内しちゃうとか、怖すぎる）

ドアの先に現れたのは、筋骨隆々という言葉がぴったりの、ちょっと頭が薄くなり始めている30代くらいの男の人が立っていた。まさに守備隊長って感じで、長めの黒いマントに黒っぽい制服を着ている。

「もしや……アラスター・ハーディング殿か」

「おお！　ご無沙汰しております！　３年前のトーラス帝国での武術大会以来ですな！」

「こちらこそ！」

入口のところでいきなり話が盛り上がっている2人を、呆然と見ている私。

「お話をされるのでしたら、お茶のご用意をいたしますので」

そう冷静に声をかけたのは、オズワルドさん。

「ああ、そうだな」

「かたじけない。衛兵よりリンドベル殿が門を通られたとの連絡があってな。ご挨拶だけでもと思いまして……」

ここで、私がお茶でも用意したほうがいいのかな、と、一瞬迷ったけれど、目が合ったカークさんが、頭を振って止めるように言っている。確かに、余計なことはしないほうがいいかもしれない。私はそそくさと自分の部屋へ引っ込むことにした。

ご挨拶だけのはずが、そろそろ1時間くらいになる。正直、お腹がすいてきている。すっかり部屋着と化したもらい物のワンピースに着替えて、部屋の中の物色も終わり、アイテムボックスの中身を見ていると、静かにコンコンッというノックの音がした。

「はい」

私の返事とともにドアが開けられ、顔を出したのはカークさん。

「お待たせしました」

「だいぶ、時間がかかったみたいですね」

「ええ。なんというか……詳しくはイザーク様に聞いてください」

苦笑いするカークさんの後をついて、イザーク様のお部屋へと向かうと、ソファにぐったりしたイザーク様が座っていた。

「お、お疲れ様です」

「ああ、ミーシャ、こちらへ」

おいでおいでと手招きされたので、素直にそばによると、グイッと腰を抱きしめられた。

「うわぁっ」

「はぁ……」

思わず声を上げたけど、お腹のところでイザーク様の重いため息が聞こえて、自然と頭を撫でてしまった。

「どうかしましたか？」

「いや……ちょっと疲れた」

ここまで疲れるような相手だったのだろうか、と思うと気の毒になる。

「イザーク様、お食事はどうされますか」

「……こちらでとることも可能か？」

「はい。であれば、そのように指示してまいります」

ニコリと笑ったカークさんが速やかに部屋を出ていった。

「……ミーシャ」

「はい？」

いつまでこの状態なんだろう、と思っていたら、ぼそりとイザーク様が私の名前を呼んだ。

しかし、いつまで経っても何も言わない。仕方がないので、軽く頭をポンポンと叩く。

「あー、すまん。大丈夫だ」

やっと私を放してくれて、ホッとする。ソファの隣には、苦笑いしているイザーク様。

「先ほどのハーディング殿は、兄上と懇意にしていてな」

どうもそのハーディング様というのは、リンドベル辺境伯と学生時代に先輩後輩の仲だったらしい。お互いにトーラス帝国の学校に留学していたそうだ。そのうえ、そのトーラス帝国っていうところでは、3年に1度、武術大会っていうのがあるとのこと。そこでイザーク様は、レヴィエスタ王国の代表の一人として出場して、シャトルワース王国の代表だったハーディング様と対戦して勝ったらしい。

「それなら、久しぶりにお会いして、色々お話になったのでしょうね」

「ああ、そうなんだが、そうなんだがなぁ……はぁ……」

思いのほか大きいため息に、思わず首を捻る。

「妹君をイザーク様にどうか、と言ってこられたんですよ。それも、かなり粘って。まったく、そんな話をする暇があるなら、砦に詰めて仕事しろって話ですよ」

脇から忌々しそうな声で言ってきたのは、オズワルドさん。よっぽどしつこかったのかなぁ、と、ちょっとばかりイザーク様を気の毒に思う。

「そういえば、イザーク様って恋人いないんですか？」

「……いるように見えるか？」

イザーク様は私の言葉が気に入らなかったのか、なんだか嫌そうな顔になった。それでも、おばちゃんは個人的に興味津々《しんしん》。イザーク様は、普通に恋人とかいてもおかしくないイケメンだ。行く先々で女性たちの熱い視線がイザーク様に向けられているのが、私ですら分かる。カークさんやオズワルドさんも、そこそこカッコいいけれど、みんなの視線はやっぱりイザーク様に向けられる。

「あー、それはですね」

脇から話しかけてきたのは、オズワルドさん。

「オズワルド、余計なことを……」

「いや、結局、後で知ることになるでしょうから、今のうちにお話をしたって変わらないでしょう」

「……」

不本意そうなイザーク様。そんなに嫌な話なのだろうか？

「えーと、それは私が聞いてもいい話です？」

「まぁ、これからリンドベル領に行ったら、誰かしらから噂話として聞くこともあるでしょうから」

「あら、誰でも知ってる話なんですか」

その時点で、ちょっとばかり気の毒になってきた。そして、詳しい話を聞いてみると、なんとかつては、子供の頃から婚約していた相手がいたそうだ。お相手は、お隣の領の子爵令嬢。いわゆる幼馴染ってやつだったのだろうか。

イザーク様は学生時代も、近衛騎士になっても、帝国や王都での暮らし。子爵令嬢は子爵領でと遠距離恋愛（実際は、恋愛にもなってなかったようだが）だったのが、件の子爵令嬢、どうも家庭教師の男性とくっついてしまったそうな。すったもんだしたあげく、子爵のほうから婚約無効を願い出てきたとか。イザーク様にしてみれば、妹みたいに思っていた相手だっただけに、すんなり認めてしまったらしい。

その途端、あちこちの伯爵やら子爵やらから、婚約の話が来ること、来ること。ある意味、子爵令嬢は、イザーク様にとっての防波堤になっていたのかもしれない。基本的に、そういう話は辺境伯が窓口になってくれていたらしく、その時点でまったく興味のなかったイザーク様に代わって、全て断っていたそう。

本来なら、貴族社会での人脈づくりを優先して考えれば、いい条件の相手と繋がっておきたいところのはずだけど、リンドベル家は辺境伯ということもあって、派閥とか、あんまり気にしていないらしい。先代も冒険者なんかやっているわけだし。だからこそ、イザーク様も今は婚約とかいう話はいい、と、仕事一筋らしいんだが。

「でも、イザーク様だって、それなりな年齢なんですし……おばちゃん的には気になるんですけどぉ」

若い男性が、この年齢で何もないわけはないと思う。ジーッと見つめると、イザーク様は少し顔を赤らめて、ゴホンッと誤魔化すような咳をする。

「おばちゃんだなんて、言わないでください。それにそこは、聞いちゃダメなところですよ」

バチンッとウィンクしたのはオズワルドさん。うーん、強面に、それは似合わない。

もうちょっとイザーク様の恋愛話を聞きたい、と思ったところで、カークさんがメイドさんたちを連れて戻ってきた。メイドさんたちはテキパキとテーブルをセッティングすると、速やかに部屋から出ていく。テーブルには、２人分。うん、やっぱり、オズワルドさんたちは別のようだ。

「まずは、食事だな。ミーシャ、まだ話があるから、食べながら聞いててくれ」

「あ、はい」

ハーディング様の話のほとんどは武術大会のことと、妹との婚約の話だったそうだ。それでも、その中でなんとか聞けたのが、門のところで集められていた老婆たちのこと。やはり王都絡みだったようなのだ。

ハーディング様のお友達が魔術師団に所属しているそうで、そちらからの依頼で、国境を越えようとしている老婆を止めていたそうだ。

「でも、あれって犯罪者を探しているみたいですよね？」

「うむ。どういう指示がなされているのか。あれで『聖女』を探しているっていうのなら、まずい対応だと思うんだがな。王都のほうも具体的な指示を出していないのかもしれない」

絶対、自分があんなことされたら、戻る気にならない。そもそも、戻るつもりはないが。

「そして、引き留められている老婆たちの確認のために、魔術師団の連中がやってくるらしい」

「まさか」

「ああ。さっき、ハーディング殿が帰られたのも、砦のほうに連中が到着した、との連絡があったからだ」

「えっ!?」

一気に、血の気が引いてくる。

「……まずいです、まずいですって！」

思わず、ナイフとフォークを持ったまま立ち上がる。

「ミーシャ、落ちついて！」

「でも、でもっ」

落ちつけと言われても、無理。あわあわしている私の両肩に、温かい大きな手が２つ乗る。

背後に、オズワルドさんとカークさんの２人が、真面目な顔で立っていた。

「ミーシャ様、大丈夫です。我々がおります」

「そうですよ、ちゃんと我々がお守りします」

オズワルドさんとカークさんが、力強く頷く。

「もちろん、私もミーシャを守るよ」

最後のイザーク様の言葉に、涙があふれそうになる。

(そうだ。今の私は一人じゃないんだった)

「それにね……今のミーシャは、老婆じゃないだろう？」

「あっ⁉」

イザーク様の指摘に、今更思い出して、ホッとする。そうだ。今の私は老婆じゃない。

「……ていうか、そもそも、あんなおばあちゃんたちみたいじゃなかったよね⁉　ひどくないっ⁉」

思い切り大声で文句を言ったら、３人ともが爆笑した。

……それはそれで、ひどくないか？

翌日、朝はゆったりとした朝食を、といきたいところだったけれど、シャトルワースの魔術師たちがこの街にいると思うと落ちつかないので、さっさと宿を出ることにした。

オムダル王国側へと抜ける門のほうへと向かうために、まだ日が昇り切る前に宿を出る。

「ミーシャ」

定番のイザーク様の笑顔とともに、手が差し出される。だいぶ慣れた。はいはい、と思いながら、ひょいっと簡単に馬上に乗せられ、ポクリポクリと馬を進める。既に門が開かれているのか、反対側の門への人々の流れができている。入る時はかなり時間がかかっていたけど、出ていくほうはノーチェックのようで、長い列にはなっていないようだ。

「この砦を出ると荒れた平地が広がっている。その先にオムダル王国側の砦がある」

頭上からイザーク様の淡々とした声が聞こえてくる。

「その平地の中間地点が国境となる。門を出たら、一気に駆け抜ける。しっかりつかまってろ」

「……はい」

地図上では嫌というほど確認していた。

オムダル王国とシャトルワース王国は、長い休戦を挟んではいるものの、今も戦争中なのだ。人の流れはあっても、国交はない。だから互いに砦を築いて、警戒しあっている。その緩衝地帯である平地は、何度も何度も繰り返される戦によって荒れてしまったそうだ。

国境を越えてしまえば大丈夫、という気にはならない。荒れた平地など、たとえ国境を越えたとしても、追いつかれてしまえば終わりな気がする。

「門を抜けるぞ」

少し緊張したイザーク様の声に、私もゴクリと喉を鳴らす。

大きな石造りの門を越えようとした時、後方から何頭かの騎馬の蹄の音が聞こえてきた。

「……リンドベル殿！」

かすかにイザーク様の名前を呼ぶ声が聞こえた気がした。もしかして、ハーディング様が追いかけてきたのだろうか。振り返って見ようとした時。

「はっ！」

その声を完全に無視したイザーク様は、門を出た途端、旅人や馬車たちのいる街道から脇に出ると、勢いよく馬を走らせた。それにならって、オズワルドさんもカークさんも私たちの後を追うように、馬を走らせる。

これまでも、それなりに早く走らせていたと思うのだが、今までは大して本気じゃなかったというのを思い知らされた。

「うわわわわ」

「ミーシャ、しっかり口を閉じてろっ。舌を噛むぞ」

「んっ！」

後方からの蹄の音の数から、オズワルドさんたち以外の馬も追いかけてきているみたい。

（なんで追いかけてくるの？　まさか、バレたの？）

そう思ったら血の気が引いてくる。

（嫌だ、嫌だ、絶対、戻りたくなんかないっ！　アルム様、助けて！）

私は強く強く祈った。そして、永遠とも思えるくらい、馬にしがみついていた。


「はっ、はっ、はっ、ミーシャッ、もう、大丈夫だ」

どれくらい経ったのか、息の上がったイザーク様の声に、ようやく身体の力が抜ける。周囲を見渡すけれど、荒地の状態は変わらない。しかし、街道を行く旅人の姿は我々以外ほとんどない。後ろを見ると、同じように肩で息をするオズワルドさんとカークさん。馬たちも思い切り走ったせいか、身体から湯気が立っている。

「ほら、見てごらん」

イザーク様に言われて前を見る。遠くに、街の姿が見える。

「え、もしかして」

「そう、もう国境を越えてるんだ」

「うそ」

「うそじゃないよ。さぁ、あの街を目指して、馬を進めよう」

優しく話しかけるイザーク様の言葉に、私は思わず涙が出た。

ようやく、ようやく、シャトルワースから抜け出せた。その事実に涙を堪えることなんてできなかった。

◆◇◆◇◆

まだ日が昇らない時刻ではあるが、ミーシャを抱え上げて、ともに馬で門のほうへと向かう。

小柄なミーシャが、頑張ってバランスを取っている姿が微笑ましい。

薄闇の中、人の流れの脇をゆっくりと馬を進める。

前に乗るミーシャに聞こえるくらいの声で、話しかける。

「この砦を出ると荒れた平地が広がっている。その先にオムダル王国側の砦がある。その平地の中間地点が国境となる。門を出たら、一気に駆け抜ける。しっかりつかまってろ」

「……はい」

私の言葉に、素直に返事をしながらも、ミーシャは少し身体を強張らせる。

門が徐々に近づいてきた。

「門を抜けるぞ」

確認するように呟くと同時に、後方から何頭かの騎馬の蹄の音が聞こえてきた。

「……リンドベル殿！」

ハーディング殿とは違う、聞き覚えのない声に、追手だ、と判断する。

「はっ！」

馬に鞭を入れると、一気に街道の脇を走らせる。

あまりの勢いに、ミーシャもさすがに驚いたのか、「うわわわわ」と声を上げている。

「ミーシャ、しっかり口を閉じてろっ。舌を噛むぞ」

「んっ！」

後方から聞こえる複数の蹄の音に、緊張が走る。追いつかれるわけにはいかない。必死に鞭を入れていると、目の前で身体を丸めて乗っていたミーシャの身体が光り始めた。その光が徐々に私を、馬を包み込んでいく。

すると、グインッと急に馬のスピードが上がった。まさに風を切るように、どんどん前に進んでいく。オズワルドとカーク、2人はついてきているか、チラッと振り向いてみると、私た

ちと同じように光に包まれて、同じペースで後をついてきている。反対に後方の追手の姿はどんどんと離れ、小さくなっていく。

これが『聖女』の力なのだろうか。

いや、ミーシャは『聖女』には浄化の能力しかないと言っていた。であるならば、これは神の御業《みわざ》としか思えない。

普通ならありえない短時間で、我々は国境を越えていた。

「はっ、はっ、はっ、ミーシャッ、もう、大丈夫だ」

目の前には、オムダル王国の砦の城壁が見えている。

ミーシャだけではなく、我々をお救いくださったことに、私は心の中で、神に感謝した。

5章　魔物との遭遇と、家族との出会い

まだ店などが開いていないような時間に、隣国、オムダル王国の砦についてしまった。しかし、せっかくだからと、このままの勢いで先に進もうということになった。

なんでもイザーク様曰く、私が目を閉じている間、私たちの集団は光りながら街道を走り続けていたのだとか。まだ日も昇りきらない時間。確実に目立っていたと思われる。それも相手側はイザーク様たちだって分かって追いかけてきていた節がある。

「だからといって、ミーシャに直結するほど、想像力がたくましいとは思えないが」

「しかし、あのようにキラキラと輝くような魔法は見たことがございません」

不思議そうに言っているのはオズワルドさん。

先ほどまでとは打って変わり、のんびりと街道を進む私たち。周囲は木々に囲まれてはいるものの、木漏れ日が差し込み、清々しい空気に満ちあふれている。

「ああ、あれはきっとアルム神様の御業に違いない」

しみじみと言うイザーク様。

「えと、魔法とかでは、起きないのですか?」

「『身体強化』ということであれば、戦闘を主にする剣士たちの中には、スキルとして持っている者もいる。私やオズワルドたちも同様だ。しかし、それは本人にのみ発動可能で、馬や第三者へは不可能なのだ」

そうなんだ、と思いながら、さりげなく、ナビゲーションを開いて、スキルを確認してみると、やっぱり私のスキルには『身体強化』なるものはない。戦闘職じゃないから、当然か。

そのままの流れで、魔法の一覧を見てみると、色々出てくる。でも、ほとんど使ったことがないのは、攻撃魔法だからだと思う。なにせ、魔物とは遭遇することもないし、盗賊と出会っても『スリープ』でなんとかなってしまったし。

「ん?」

思わず、声が出てしまったのは……そう、見つけてしまったから。まさかの『身体強化』。光魔法の中の一つに、味方に対する補助魔法という形で載っていた。魔法の解説の端々《はしばし》に、アルム様の過保護具合があふれている。

「どうかしたのか?」

頭の上からイザーク様の声。これは説明しておいたほうがいいのだろうか。

「えーとですねぇ……私が使える魔法の中に、どうもあるっぽいです。『身体強化』」

苦笑いしながら答えると、イザーク様、ポカンッとした顔で見下ろしてくる。

「ど、どういうことだ？」

「光魔法の中にあるみたいです、『身体強化』」

「まさかっ」

「ええっ？」

3人ともなぜかびっくりして、馬たちまで止まってしまった。もしかして、普通ではないのだろうか。

固まった空気の中、強張った笑みを浮かべながら、イザーク様を見上げる。さすがにこんな話を、いつ人が通るか分からない街道でのんびりするわけにもいかない、ということで、急いで近くの町まで向かうことになった。

ナビゲーションで地図情報を確認してみると、森というか林を抜けたところに小さな町があるようだ。周囲に悪意感知に引っ掛かるようなものもいない。

さっき必死になって走ったばかりなのに、また頑張らせてしまう馬たちには申し訳ないので、3頭ともにヒールをかけてあげた。

「……さすが『聖女』様」

「ん？　あれ？　ヒールって普通に使わない？」

「いえ、使いはしますが……」

口ごもるカークさん。オズワルドさんも目を見開いている。何かが違うのかもしれない。もしかして、軒並み、私の認識とズレているのかも。

「と、とにかく、まずは宿のある町に向かって、詳しい話は落ちついてからにしましょうかね」

「あ、ああ、そうだな」

イザーク様も、どこか微妙な顔つき。

解せない、と思いつつ、せっかくなので、試しに光魔法の『身体強化』を使ってみた。

「おお～、なんか綺麗」

全体にキラキラ光っている。木漏れ日と重なる部分なんか、余計に神秘的な雰囲気になる。

「……先ほどのものとは、やはり違うようだ」

「そうですね。こちらのほうがじわじわくる感じがします」

「さっきのは、もっと急激な感じでしたからね」

「……アルム様、どんだけ力注いでんのよ」

「さぁ、まずは町に向かうぞ」

イザーク様の言葉に、再び馬を走らせる私たち。徐々にスピードが上がっていく馬たちに、私もびっくり。左右の風景がどんどん流れていく。あっという間に林を抜けると、広大な畑が広がっていた。まだ、町は見えない。

徒歩の旅人や、のんびりした乗合馬車を追い抜いていく。そのたびに、皆びっくりした顔をするのが見えると、なんだかおかしくなって、ついつい、クスクスと笑いが零れる。

「ミーシャッ」

「はいっ」

「笑いが出るとは、余裕だなっ」

大きな声で話しかけてきたイザーク様も、なんだか楽しそう。そりゃそうか。今は別に追われているわけでもなく、思い切り馬を走らせてるだけだ。気持ちがいいはずだ。

ようやく、かすかに町っぽい姿が見えてきたせいか、徐々に馬のスピードを落とす。町を出入りする人や馬車の姿が増えてきた。

心地よい風になぶられながら、周囲を見渡す。のどかな風景に、気持ちもゆったりする。太陽は真上に近くなっていた。朝が早かったから、もうお腹がペコペコだ。この町で、美味しいお昼ごはんが食べられるといいんだけれど。

そんなことを考えているうちに、目的の町の入口に到着した。

「美味しいものがあるといいんですけどね」

「確かに。腹が減ったな」

和《なご》やかな雰囲気の私たちは、ポクリポクリと蹄を鳴らしながら、町の中へと入って行く。

砦を越えて初めての町は、町というより農村といったほうがいいかもしれない。通過点、という感じだから、大きな宿はない。食堂付きのこじんまりした宿くらいしかないようだ。

「いらっしゃいませ～」

出迎えてくれたのは、まさに肝っ玉母さんといえそうな、恰幅のいいおばさん。食堂のほうは、少し時間が早いせいか、ほとんど人がいない。

私たちは早めの昼食をいただいた後、そのまま宿もお願いすることにした。今回はみんな別々の部屋をとったものだから、小さな宿だけに、ほぼ貸し切り状態。そもそも、砦に近いせいか、たまにしか泊まるお客さんはいないのだとか。そんなので経営が成り立つのか心配したら、食事のほうで意外に儲けが出るんだとか。おばさんが豪快に笑いながら教えてくれた。

一番広い部屋は、当然イザーク様が使う。ベッドに腰をかけているイザーク様に、シンプルな木の椅子に座っているのは私。オズワルドさんとカークさんはドアの近くに立っている。一番広い部屋だけど、全員が集まったら、やっぱり狭い感じになる。でも仕方がない。

「ちょっと、お茶をいただいてきます」

カークさんが出て行って、少しだけマシになった。

そして治癒関係の話が始まった。

なんでも、もともと光魔法自体、貴重な魔法なんだとか。通常は、子供の頃に光魔法持ちだと分かると、神殿にひきとられ、神官になるべく教育をされるという。その中でも治癒に秀でた者が治癒士となる。だから、一般的に光魔法の『ヒール』を見ることはない。それに、基本的には対象に触れながらかけるものだから、私みたいに触れないで、それも複数に『ヒール』をかける者はいないそうだ。

「……それって」

「見られたら、一発で『聖女』と思われる可能性がある」

「え、え、えぇぇぇっ⁉」

まさか、そんなことでバレるとか考えてもいなかった。

「え、でも、魔物とかと戦ってケガをした時とかって、冒険者の人たちってどうするんです？まさか、ポーション一択？」

「そうですね……あとは魔術師の中でも水魔法を得意とする者に、広範囲を対象とした『ヒールレイン』を使う者がおります。しかし、基本的には、攻撃の魔法を得意とする者の中で、かなり上級者でなければ、『ヒールレイン』を使う者はおりません」

オズワルドさんが微妙な顔で答えてくれた。つくづく、冒険者は大変そうだと思い知らされる。

「それに、さっきの『身体強化』の魔法だが、神官たちが使っているという話も聞いたことはない。そもそも、彼らが『身体強化』が必要な場面に遭遇するとは思えないしな」

「え？　神官って冒険者の中にいないの？」

単純に、昔やったことがあるゲームのイメージで聞いてしまう。

「神官がか？　あいつらが神殿や教会から出て働くなんてありえない」

なんだかオズワルドさんが、かなり嫌そうな顔をしている。前に何かあったんだろうか。

もしかして、戦闘に関わるような場面に遭遇しないと発生しない魔法だったりするのだろうか。魔法の仕組みって、よく分からない。

魔法談義で盛り上がったところに、カークさんがお茶を淹れて戻ってきた。なんとトウモロコシで作ったお茶だとか。一時期ハマったことがあったから、なんか懐かしい。香ばしい匂いにホッとする。

「で、魔法の話は終わりましたか」

「ああ。それよりも、これからのことなんだが」

もともと、オムダル王国に入ったら、この国で2番目に大きいと言われるエクトという街を経由して、レヴィエスタへ向かう街道のあるオクトという街へ向かう予定だった。

「しかし、シャトルワースの連中に確実に目をつけられてることを考えると、このままエクトに向かうのは危険かもしれない」

イザーク様が使うような伝達の魔法は、魔術師レベルになるともっと高度なものになるのだとか。当然、砦には魔術師もいるわけで、王都に伝わっている可能性がある。

「我々を追いかけてきていたのが、ハーディング殿の部下だとしたら、彼らは既にハーディング殿に報告してるだろう。追いかけてくる者もいるかもしれんが、アルム神様の御業のおかげで、すぐには追いつけまい」

イザーク様の体感でも、普段の倍以上のスピードで走っていたとか。それに砦の街を出てから、また私が『身体強化』をかけているから、そのまま追いかけていたとしても、半日以上差がついてるはずだと。

ついでに言うなら、オムダルとシャトルワースは、そんなに仲がよくない。おかげで、冒険者や商人レベルでは問題なく通過できても、明らかにシャトルワースの騎士だと分かったら、足止めをくらうはずなんだとか。

「その一方で、オムダルの王都にはシャトルワースの外交官の屋敷がある。うちもそうだが、大抵、そこには転移の間が用意されているものなのだ」

「転移の間？」

「ああ。本来は外交に伴う公務の場合のみ利用可能なものだ。戦時中などは利用できないが、休戦状態の今だったらシャトルワースも利用できるだろう。大人数を一気には無理でも、少数ならありえる。我々が向かおうとしているエクトは、王都のほうが近い。最悪、挟み撃ちされる可能性もある」

「えと、私たちが王都にある外交官の屋敷から転移の間を利用することって」

「無理だろうな。今回は第二王子の随伴《ずいはん》だったから我々も利用できたのであって、単独となると難しかろう」

それはそうか。誰でも簡単に転移できたら大変だ。しかし、私には転移の魔法がある。

転移する場所を事前にマーカーしていないと無理だけど。

「あのぉ、普通に魔法で転移ってできませんか？」

「うーん、魔術師によってはできる者もいるかもしれないが、聞いたことはないな」

その言葉に、ちょっと顔が強張る。

「……ま、まさか」

「あ、あははは」

視線を逸らす私に、３人の視線が非常に痛かった。

翌朝早く。おばちゃんに軽めの朝食を用意してもらってから、私たちは宿を出た。昨日よりは少し遅いせいか、朝日が眩《まぶ》しい。

結局、私たちはエクトの街を目指さず、この町から街道をはずれることにした。魔の森の外縁をかすめながらショートカットして、レヴィエスタへ向かう街道を目指すことにしたのだ。

朝日に照らされて緑色に輝く、麦の穂。その畑は細い道によって区切られている。私たちはその道を、速足で馬を走らせる。さすがに猛ダッシュでは、この道のほうが壊れそうだ。

緑の海を走りながら周囲を見渡す。魔の森までは、あと少し。

砦を出たところにあった森は、実は魔の森の一部だったらしい。ただ、だいぶ浅いところだったから、弱い魔物くらいしか出てこないそうだ。だから私たちは、遭遇しないですんだのか。

段々と森が近づいてくる。やはり外縁部分だから、魔物とかは出てこないようだ。既に畑の道はなくなって、まばらに草の生えている土地に変わっている。いわゆる森と畑の間の緩衝地帯ということなのか。

(この世界に来て、まだまともに魔物って見ていないのよね。攻撃魔法があっても、使ったことないし)

などと考えていると、いつの間にか、私とイザークさんを守るように、前にオズワルドさん、後ろにカークさんがついて走っている。

「このあたりは、低レベルの魔物が出てきたりするんですが、全然見かけませんね」

「低レベルって、どの程度のことをいうんです?」

オズワルドさんが不思議そうに言うので、ちょっとだけ聞いてみた。

「そうですね……こういった森の入口周辺には、角ウサギあたりがいてもおかしくはないかと。それを狙ったコボルトもいる可能性はあると思いますが」

それでも、その気配すらありませんねぇ、と言うのはカークさん。たぶん、私のせいだろう。

今は先を急ぐわけだから、余計な戦闘がないに越したことはない。

いつの間にか、少し森の奥に入っていた私たち。そこを突っ切れば、また森が途切れるはずなんだけれど、残念ながら、ゆったりした時間は終わりの模様。地図情報が急に立ち上がったのだ。

「イザーク様」

「どうした」

私の強張った声に、イザーク様も少し緊張した声で反応する。

「えと、私、地図情報を見る能力あるんですけど」

「ち、地図だって？」

「あ、はい。それとですね、自分に対する悪意を感知するスキルがあるんです」

「……ああ、アルム神様、ミーシャへのご加護に感謝を」

イザーク様が馬上で祈る。

「ちょっと、急いでこの森を抜けたほうがいいかなって」

「何かいるのか」

「……奥に赤いのがポツポツ出始めてて」

「赤いの？」

「そう、完全に敵に認識されてます」

そう話している間にもポツポツが増えてきて、ゆっくりとこっちに動き出している。

「い、急いで森を抜けてくださいっ！」

「分かった。オズワルド、カーク、急げっ！」

私は『身体強化』を皆にかけると、鞍の端にしがみつく。イザーク様たちは、少しでも明るいほうへと、必死に馬を走らせた。

いったい何が追いかけてきているんだろうか。

今までだったら、盗賊の可能性が高かったけど、魔の森の奥に、人があんなにいるとは考えられない。それに移動のスピードが早すぎる。

「ミーシャ、敵はっ？」

「かなり近くまで来てますっ」

そう答えた直後。

「グギャァギャギャッ！」

木々をかき分ける激しい音とともに、後方から聞いたこともない鳴き声が聞こえてきた。

「オークです！」

カークさんの声に、ビクッとする。

（オ、オークって、えと、人の身体に豚みたいな頭が載ってるやつ？）

実物を見たことがないので、言葉のイメージしかない。それだと、猪八戒《ちょはっかい》みたいだけど。そんなかわいいものじゃないだろう。

「まずい、かなりの数が追いかけてきている」

「でも、なんで」

「分からん……いや、もしかしたら」

「な、なんなんです」

イザーク様の顔が少し青ざめて見える。そんなにまずいんだろうか。

「オークの上位種がいるのかもしれん」

「上位種？」

「ああ。特に上位種の中でもオークメイジあたりがいたら、魔力で感知している可能性もある。オーク単体なら、奥から出てきてまで我々を襲ってくることはないだろう。しかし、後ろにいるのは集団。おそらく、上位種が指示を出しているからこそ、あれだけの集団で追いかけてきているのだろう」

魔物にも色々な種類がいるのか。それにしても、あいつらシツコイ。もう少しで森の切れ目が見えてきてるのに、諦《あきら》めないでついてきている。

「このままだと、街道まで追いかけてくるんじゃ？」

「ないとは言えないな」

イザーク様も迷ってるみたい。まだ森は切れない。

「くっ、森を出たところで迎え撃つか」

「え、３人で大丈夫ですかっ？」

「分からんっ」

（な、投げやりなっ！）

私はもう一度、味方全員に『身体強化』を重ね掛けする。休む間もなく走る馬たちも必死だろう。ついでに『ヒール』もかけておく。

「見えたっ！」

イザーク様の声に、前に目を向ける。やっと開けたところに出られる。勢いそのままに、草がまばらに生えた広い場所に出た。運がいいのか、悪いのか、街道に人の動きは見えない。

急にイザーク様たちは馬を反転させた。少し距離はあるものの、オークたちは、私たちに狙いを定めて走ってきている。

初めて見た。オーク。豚、じゃない。イノシシの頭だ。人型だけに、なんか笑えてしまうのだが、それどころじゃない。どう見ても10体以上いる。これ、イザーク様たちだけで、なんとかなるのだろうか？

シャリンッ、という音とともに、イザーク様は腰に下げていた長剣を抜いた。

「ミーシャ、しっかりつかまってろ」

「は、はいっ」

私は素直に身をかがめ、目を閉じて鞍にしがみつく。

「ぬおおおおおっ！」

イザーク様の太い雄叫《おたけ》びとともに、馬が勢いよく走り出す。

「グギャア」

「ガアアアア」

「ギャアアアア」

オークたちの意味不明な叫び声が近くで聞こえた、と思ったと同時に、ドサッ、ドサッ、ドサッと何かが落ちた音。

「ギャッ！」

「グギャッ⁉」

何か鉄っぽい匂いがする。たぶん、濃い血の匂い。

うっすらと目を開けると、イザーク様が長剣を振って、血を振り払っている。あの音はオークたちが切られて倒れた音だったみたい。馬で駆け抜けながら倒した数は3体。オズワルドさんとカークさんは、馬から降りて戦っている。うわ、強いっ！

（でもね、ここで戦ってる場合じゃないのっ。たくさんの赤い点々が、どんどん森の外縁まで迫ってるのよっ）

私は必死に使えそうな魔法をナビゲーションで探した。

（また『スリープ』をかける？　いや、でもイザーク様が言ってたオークメイジって魔法を使うんだよね？　むしろかかりにくい可能性のほうが高い？）

身をかがめながら探している間に、イザーク様たちは、私たちを追いかけていたオークを殲《せん》滅《めっ》していた。

「グギャアァ！」

いきなりオークどもの絶叫が聞こえてきた。数にして30以上いそう。

「まずい、さすがにあれは無理だ」

「イザーク様、急ぎ、近くの街に知らせねば」

苦々し気に言っているオズワルドさん。カークさんも真っ青な顔をしている。

（ていうか、オズワルドさんたちの馬たち、逃げちゃったじゃん！　このままイザーク様たち3人じゃ、止めきれないよね？）

「イ、イザーク様っ」

「ミーシャ、すまん」

私の身体を強く抱きしめるイザーク様。その腕はかすかに震えている。きっと恐怖ではないだろう。この人のことだ。私を守り切れないと思って、悔しさで震えているんだ。

私は迫りくるオークたちを睨みつける。

「大丈夫っ。私がいますっ」

そうよ。せっかくアルム様から魔法の力を授けてもらったんだもの。使わずに死ぬとか、ありえない！

（ていうか、まだまだ、2度目の人生、楽しみ切ってないわよ！）

私は思い切り息を吸い込み、イザーク様に抱えられたまま両手を差し出すと、これしかないと思った呪文を唱えた。

「『ダイヤモンドダスト』！」

青空の下なのに、ヒュルリと優しい風とともに粉雪が舞い始める。

それが徐々にオークたちに向かって吹き付け始め、ついにはビョービョーと音を立てて、その場だけが完全な猛吹雪に覆われる。オークたちは完全に真っ白な雪の中。

「な、なんだ、これは」

「ミ、ミーシャ様の……」

「……す、すごい」

３人それぞれの声は聞こえるけど、私はまだ魔法に集中している。そして少しずつ吹雪がおさまってくると、徐々にオークたちの姿が現れた。

「……氷の彫像」

イザーク様があっけにとられながら、小さく呟く。日差しにキラリと反射するオークたち。

北海道の雪まつりとかでありそうかもしれない。

「な、なんとかなった？」

私はそう呟くと、力なくイザーク様のお腹のあたりに倒れ込む。結構魔力を使ったのか、少しだけ身体がだるい。

「ああ、ありがとう。助かった。本当にありがとう」

ギュッと抱きしめてきたイザーク様が、私の頭に何度も何度もキスを落とす。悪い気はしない。イケメンだし。もうちょっと若かったら、恥ずかしかったかもしれないが、なにせ、中身はおばちゃんだから。

残念ながら、オークたちは全滅したわけではなかった。後続のやつらは、突然の吹雪を見て撤退していった。森の奥には、やつらの集落があるのかもしれない。

「最寄りの街に寄って、ギルドに報告しておいたほうがいいかもしれんな」

イザーク様は相変わらず私を抱え込んだまま、魔の森のほうに目を向ける。

「今後も我々のように森を抜けていく者が狙われるかもしれませんからね」

「むしろ、あの数だ。そのうち森からも出てくるかもしれん」

オズワルドさんたちも真面目な顔で話している。

どちらにしてもギルドに丸投げ案件だ。とりあえず、連絡するためにも、私たちはこの場から急いで離れた。

本当なら、レヴィエスタ王国へ向かう街道に抜けて、そのまま国境を越えるはずだった。しかし、さすがにあのオークの群れは看過できないということで、近くの街へと向かっている。

オズワルドさんとカークさんの馬は逃げたまま、戻ってこなかった。だから2人は徒歩、というか、軽いジョギング程度のスピードだ。必然的にペースは落ちる。でも、かなりの距離をこのペースというのは、すごいと思う。

「方角は合っていますか？」

オズワルドさんが馬上の私に問いかける。地図があるのは私だけのようなので。きちんと確認する。

「はい。このまま真っ直ぐです。もうちょっとしたら、見えてくるはず」

オークたちと戦った場所までは『身体強化』の魔法もあって、昼くらいには着いてたはず。本来なら討伐部位を切り取ったりしなきゃいけないんだろうけど、そんな暇はないので、私のアイテムボックスに氷漬けのオークたちが入っている。全部入れたら、３人ともに引かれてしまった。ちゃんと入ったんだからいいではないか、と少し拗ねる私。

「もしや……あれですかね」

目をすがめながらカークさんが呟く。私も前に目を向けると、確かに街っぽい影が見える気がする。日は傾きつつあるけど、まだ夕方には少し早い。

「よし、オズワルド、カーク、お前たちはゆっくり来い。先に行ってギルドに報告してこよう」

「申し訳ございません」

「すぐに追いかけます」

イザーク様は頷くと、思い切り馬を走らせた。この子も頑張っているよなぁ、と思って、ついつい肌をナデナデしてしまう。少しでも癒されますようにと思っていたら、本当に癒してしまっていたようだ。どんどんスピードアップしている。

おかげですぐに街に到着。塀に囲まれてはいないから、そのままの勢いで街に入り、冒険者ギルドの建物を探す。私たちが慌てているせいもあって、街の人たちも驚いて見ている気がする。

「あった！」

そう呼ぶとギルドの建物の前に止まり、飛び降りるイザーク様。そのまま私に手を差し出す。

(その腕の中へ飛び降りろってか。いや、さすがに、この大勢の観客の前では無理です)

「大丈夫です」

にっこり笑ってそう断ると、ちょっと残念そうな顔。でもね、そんな場合じゃないですから。頑張って飛び降り、イザーク様の腰を軽く叩く。背中は高くて無理だった。

「早く行かなきゃ」

「あ、ああ」

少し寂しそうな顔をするイザーク様を、かわいいと思ったのは内緒だ。

まだクエストを終えた冒険者たちが報告に来るには早い時間なのか、ギルドの中は落ちついている。ギルド内に併設されている酒場で、数人が既に呑み始めているくらい。

イザーク様は迷いなく、真っ直ぐにカウンターのあるほうへと進んでいく。

「いらっしゃ……」

「ギルドマスターはいるか」

「……はい」

受付のカウンターの真ん中に座っていたお姉ちゃんは、にこやかに話そうとしたところに、イザーク様が被せるように言うもんだから、すぐに不機嫌そうな顔に変わってしまう。

「どちら様でしょうか。ギルマスも忙しい身ですので……」

「急いでる。イザーク・リンドベルが来ていると伝えれば、分かるはずだ」

「……リンドベル？」

イザーク様が威圧的に言ってしまうから、お姉ちゃん、さっきよりもムカついているのが、顔に出てしまっている。一方で、名前だけで通じるものなのだろうか、と不思議に思う私。イザーク様を見上げ、そしてお姉ちゃんの顔を見る。

「そういうの、多いんですよね。マジで忙しい方なんだから、やめて……って、痛いっ！」

ポカッ、とかなりいい音を立てて、書類か何かがお姉ちゃんの頭を叩いた。背後から現れたのは、お姉ちゃんの上司らしい、少し年上の女性。若干、顔が引きつっている?

「(メリー、黙って!)リ、リンドベル様でいらっしゃいますかっ! 申し訳ございませんっ! すぐ、すぐに呼んでまいりますので、しばし、こちらでお待ちくださいっ」

すんごい勢いでカウンターから離れたかと思ったら、奥にある階段を勢いよく駆け上がっていく音が聞こえる。その姿に唖然としているのは、お姉ちゃんのほう。イザーク様は、完全に彼女の存在は無視で、奥に目を向けている。

「おい、リンドベルって」

「ああ、たぶん」

酒場のほうにいる中堅っぽい冒険者たちが、こっちを見ながらコソコソと話しているのが聞こえてくる。

リンドベルって家名は、よほど有名なのだろうか? 前に盗賊を捕まえた時も、ギルドの職員がやたらとヘコヘコしていたけど。そんなことを考えているうちに、ドドドドッと音を立てて階段を降りてきたのは、私の実年齢と同世代くらいの筋肉ムキムキのおっちゃん。顔を真っ赤にして駆け寄ってくる。

「お、お待たせしましたっ。リ、リンドベル様ですかっ!」

「ああ」

イザーク様に迫る圧に、私はついついイザーク様の後ろに隠れてしまう。イザーク様は慣れたものなのか、表情も変えずに頷く。

「おお！　お父上とお母上は、お元気ですかっ！　私、若かりし頃、お2人に大変お世話になりまして」

「そうか。それよりも、大事な用件があるんだが」

「はっ、どういった……」

「……悪いが、ここではちょっと」

「ああっ！　気が利かず、申し訳ございませんっ！　エイミー！　応接室にご案内しろっ！」

「は、はいっ！」

……なんか、怒涛《どとう》の勢いに呆然。

ギルドマスター、ちゃんと身分証の確認とかしないでいいのか？　と思いながら、イザーク様の後を大人しくついていく私。

案内された応接室。先に座っていたイザーク様の隣に座って、周囲を見渡す。私たちの後から入ってきたギルドマスターが、私を見て一瞬訝しそうな顔をしたが、すぐに向かい側に座り、真剣な顔で聞いてきた。

「で、どういったご用件で」

「魔の森の外縁でオークに襲われた」

「オークですか。しかし、オーク程度であれば通常のクエストでもあることですし、リンドベル様がお気になさるほどでは」

「30体以上の集団でもか」

「……なんですって」

イザーク様が淡々と襲われた状況を伝えているうちに、どんどん顔色を悪くしていくギルドマスター。

「ま、まさか……」

「今回はうちの従者たちもいたおかげで撃退できたが、まだかなりの数がいそうだったぞ」

「うっ……そうですか。それで、その、打ち倒したオークは？」

「……従者たちに持たせている」

私個人のアイテムボックスに全部入っていると言っても、それを安易に知られるのは、よくないということなのだろうか。

（あれ？　もしかして私、従者って思われた？　だからギルドマスター、変な顔したのかな？　ヤ、ヤバっ。隣に座っちゃったよ。失敗した⁉）

慌てて立ち上がろうか迷っていたら、イザーク様が目で制した。このまま座っていろ、ということか。

「従者たち、ですか？　あの、隣に座っていらっしゃるのは？」

「身内の者だ。気にするな」

もう座ってしまったし、身内って扱いにしてもらったほうがいいのかもしれない。私はペコリと頭だけ下げる。

「は、はぁ……で、従者の方々は」

「馬を逃がして戦ったのだ。今頃、徒歩で追いかけてきている。そろそろ着く頃だろう。ところでオークは氷漬けになってる。後で解体窓口に持っていくから確認してくれ」

「こ、氷漬けですか」

「それよりも、早めに討伐隊を組織したほうがいいぞ。あれは、かなり組織だって動いていた。最低でもオークジェネラル、最悪、オークキングがいてもおかしくはない」

「ま、まさか」

ギルドマスターが顔を引きつらせたところに、ドアをノックする音が響く。

「な、なんだ」

「リンドベル様の従者だとおっしゃる方々がいらっしゃいました」

「は、入っていただけっ」

「はいっ」

ドアを開けると、現れたのは、あんなに走ってきたのに息を荒らげることもなく立っているオズワルドさんとカークさん。鍛え方が違う。思わず、感心して見てしまう。

「イザーク様、お待たせしました」

「ああ、すまんな。先に来てしまって」

「とんでもございません。で、もう？」

「ああ、今さっき、話したところだ」

イザーク様の言葉に頷くと、私たちの背後に立つ。上背のある2人が並んで立つと、威圧感が半端ない。筋肉ムキムキの強面のギルドマスターも、若干引き気味な気がする。

「と、とりあえず、斥候を立て、まずは状況を調査しなければ……リンドベル様のお話だけでは判断できません。同時に、討伐隊を組織しないとですが、現在、この街にいる上位の冒険者はCランクがほとんどで、Bランクは多くありません。オクトまで行けば、Aランクもいるかもしれませんが……」

「悩んでいる暇はないと思うぞ」

「……分かりました。急ぎオクトのギルドにも緊急連絡を入れてみます」

そう答えると、ギルドマスターは挨拶もそこそこに応接室を出て行ってしまった。

バタバタとギルドの中が慌ただしい。さっきのオークに関する情報が開示されたからだ。私たちは既に応接室から解体窓口へと移動して、山ほどの氷漬けオークを積み上げてしまっていた。これ、自然解凍を待たないとダメなやつかもしれない。

一緒に来てくれたエイミーさんと、受け付けてくれたおじさんたちは、口をあんぐりと開けて固まっている。

「い、一応、数えたところ32体でございました。こちら、全て買取でよろしいでしょうか」

「ああ……そうだな……その前に。通常のオークの討伐クエストはあるよな。オズワルド、ミーシャとパーティ登録して受けてこい。ミーシャ、ギルドカード」

「はっ」

「え？」

2人の会話についていけてない私。それでも指示された通りにギルドカードを手渡すと、オズワルドさんはすぐに離れていく。

どういうことだろう、と思っている私に、イザーク様は笑みを浮かべながら説明してくれた。

「オークの討伐はCランク以上推奨なんだ。だから、Gランクのミーシャだと受けられない。しかし、オズワルドとカークは、ああ見えてBランクなんだ。彼らとパーティを組んだ形にすれば、ミーシャも討伐実績を付けてもらえるんだ。せっかくの機会だからな。実績とともに報奨金をもらってもいいだろう」

「おお、そ、そうなんですね……あれ？　イザーク様は？」

「私は残念ながら冒険者登録はしていないんだ。近衛騎士団に所属する者は、冒険者登録してはならない規則なのでね」

「ほえぇぇぇ」

そういうものなのか、と感心しているうちに、オズワルドさんが戻ってきた。早い。

「リンドベル様、それでは」

「ああ、全て買取で構わない。同時に討伐クエストもクリアで構わないな」

「はいっ」

イザーク様に念押しされたエイミーさんは、カクカクと頷く。

「たぶん、これでミーシャ様はEランクまで自動的に上がることになるかと」

「おおう……それは、なんというか」

それほどランクを上げる気はなかったけれど、低すぎても舐められる可能性があるし。

結局、オークは自然解凍待ちになって、解体後に精算という形になった。

「た、たぶん、明日には報奨金をお渡しできるかと」

「分かった。それでオクトのほうとは連絡がついたのか？」

「は、はい。今、もろもろ調整中のようでして……」

困ったような顔で対応するエイミーさん。中間管理職みたいで、少しかわいそうな気もする。

「分かった……それでは詳細が決まり次第教えてもらえるか。さすがに、あの状態で放り出しては行けぬ。それとついでに、できれば近くの宿屋を紹介してもらえると助かるんだが」

「はいっ！」

エイミーさんは大きな声で返事をすると、背筋をピンと伸ばして飛び出していった。

「……あんまり苛《いじ》めないであげてくださいね」

ぽそりと言うと、イザーク様はなんとも人の悪そうな顔で笑みを浮かべるだけだった。

ギルドを出る前に、討伐クエストのクリア登録をしてもらった。私の手元にあるギルドカードは、ランクの文字がEに変わっている。ランクが上がっていたのが少しだけ嬉しい。口元がもにゅもにゅしてしまう。

ギルドの前にそのままにしていた馬が大人しく待っていたのを回収して、エイミーさんに教えてもらった宿屋へ向かった。

既に話が通っていたのか、すぐに部屋に案内された。ギルドでイザーク様が私を身内と紹介したおかげなのか、ちゃんと私の部屋も用意してくれていて助かった。色々気を遣わなくていいので、気が楽だ。部屋に荷物を置いたあと、イザーク様の部屋に集まることになった。

ノックをして部屋に入ると、既にオズワルドさんたちは来ていた。窓際に立っていたイザーク様の手には、手紙みたいなものがあった。誰かから連絡が来たのだろうか。表情が少し和らいで見える。

「何かありました？」

「ああ、父上から伝達の鳥が届いてな」

オズワルドさんがソファに私を案内してくれて、その間にカークさんはお茶を淹れてくれた。

「父上たちは、どうもオクトに来ているらしい。弟たちもオムダルの王都にいたらしいが、互いに連絡を取り合ってオクトで落ち合うつもりらしい」

連携が素晴らしい。

「確か、皆さん、冒険者なんですっけ？」

「ああ、父上と母上はAランク。オズワルド、弟たちはBランクだったか」

「まもなくAランクになられると聞いておりますが」

「そうなのか？」

「ええ、先日お会いした時に、もう追い抜かれますね、なんていう話をしました」

オズワルドさんが、なんだか嬉しそうに話す。

「そうか。まぁ、オズワルドはニコラスたちの師匠みたいなもんだからな」

「いえいえ、もう、追い越されますから、師匠だなんてとんでもない」

そう言いながらも満更《まんざら》ではない顔。教え子の成長は、嬉しいものなのだろう。

「父上たち４人が討伐隊に加わってくれるなら、だいぶ楽になると思うんだが」

「間に合いますかね？」

オクトの街にいるのなら、イザーク様のご両親は馬で３日くらいで着くかもしれないけど、弟さんたちはどうだろう。

「どうだろうな。ギルドとしては戦力が上がって助かるかもしれんが、そんな時間的余裕があるかどうか」

今になって思い出す。あの時、まだかなりの数が残っていたはずだった。それが大人しく帰っていったのは、そう指示を出したボス的な存在がいたからだろう。それに、今以上にオークたちが増えて、街を襲ったりしないだろうか。勝手にそんなことを想像して、背筋が寒くなった。

翌朝は早めに朝食をとると、すぐにギルドへと向かった。

ギルドの中は、オークの情報を知った冒険者たちでごった返しているようだ。あちこちから、『オーク』という言葉が聞こえてくる。

「あっ、リンドベル様！」

最初に声をかけてきたのは、カウンターの奥にいたエイミーさん。うっすら目の下にクマさんが居座っている。昨夜から今朝にかけて、色々あったのかもしれない。

エイミーさんに勧められて、私たちはカウンターの端っこのほうの席に座らせてもらった。オズワルドさんとカークさんは、私たちの背後に立って壁状態。

「お待たせして申し訳ございませんっ。オークの精算のほうは終わりまして、クエストの報奨金と合わせてご用意してあります。こちらは現金でのお渡しでよろしいですか？　それとも、お口座がありましたら、そちらに振り込ませていただきますが」

「そうだな……ミーシャ、口座に振り込んでもらうかい？」

「え？　口座？」

「ああ、一応、現金以外にも、ギルドにお金を預けることもできるんだ」

それは知らなかった。自分で意識しないと気付かないことが意外に多い。

「口座持ってないです。それって、すぐに登録できるんですか？」

「あら、最初の登録の時とかに、説明受けませんでした？」

「あー、はい。なんか混んでて、さっさと終わらせちゃったから、その話はされませんでした。初めての報酬も現金でもらっちゃったし……あっ！　イザーク様！　そういえば盗賊の報酬、受け取らないで、ここまできちゃいました！」

イザーク様たちと出会ったばかりの時に捕らえた盗賊の報酬のことだ。いくらになったかまでは覚えていない。アルム様からのお小遣いがあるので、全然、お金に困らないものだから、余計に気にならなかったのだ。

「うん？　ああ、あの報酬だったら、オズワルドに受け取りに行かせてあるから大丈夫」

「はい。私の口座に一旦預からせていただいております。国に戻ったら、お渡ししますね」

「わ、すみません……えと、口座ですよね。一応、登録お願いします」

「かしこまりました。ギルドカード、お借りできますか？」

私のカードを渡すと、カウンターの奥のほうへ入っていく。中にどんな機械があるんだろう、と興味津々で覗き込んでみても、全然分からなかった。

「お待たせしました。ミーシャ様の口座ができましたので、皆さまのと合わせて精算させていただきますね」

結局、氷漬けオークの買取は4等分、討伐の報奨金はイザーク様を除いた3等分ということになった。それでも一人頭の金額はかなりになったので、ちょっとだけホクホク気分。これから先、アルム様からのお小遣いがなくなってもいいように、貯蓄しないといけないかもしれない。

「それで、オクトのほうとの話し合いはどうなったんだ」

イザーク様の厳しい声に、エイミーさんがビクッと肩をすくめる。うん、ちょっと怖いよね。でも、それだけ状況はよくないってことだ。

青ざめた顔でエイミーさんは、ゴクッと唾を飲み込む。

「今朝、日の出前に、斥候役を引き受けてくれた2つのパーティが魔の森に向かいました。まずは彼らから正式な報告を受けてから、うちのギルドで討伐クエストを出すことになります」

「……それはオクトのギルドからの指示か」

「はい。理由としては一番に、この町には上位ランクのパーティが存在しないことがあげられます。今日、斥候役で出てくれているパーティ自体もCランクなんです」

エイミーさんはどこか泣きそうな顔になっている。

「最近、北の海側に新たなダンジョンが発見されまして、上位ランクが軒並みダンジョン攻略に向かってしまったんです。もともと、魔の森に近いとはいえ、外縁の浅い部分、あまり危険な魔物は多くないこともあって、皆さん、街を離れてしまって……」

魔の森のそばだというのに、気が緩んでいるとしか思えない。それだけ表立って活動していた魔物が少なかったのかもしれないが、今現在、こうしてオークの集団ができてるということは、魔の森の奥には当然、もっと強そうなのがいてもおかしくはない。

「参ったな……」

イザーク様が眉間に皺を寄せて、呟く。

最悪、私の魔法で、とか思わないでもないけれど、昨日のはたまたま上手くいっただけかもしれない。今度の場合は、予想がつかない。攻撃魔法の練習をしておけばよかった。

そんな後悔をしながら、周囲を見ていると、入口のほうが騒がしくなってきた。カウンターの中のエイミーさんが、いきなり立ち上がる。

「も、戻って来たみたいですっ」

その言葉に、全員で振り向くと、汗だくになった若い男の人が一人、肩で息をしながらバタバタと入ってきたかと思ったら、力なく膝から崩れ落ちた。まるで駅伝でゴールした人のようだ。

「マ、マイク、大丈夫!?」

エイミーさんの言葉に、すぐに返事ができない様子。ごくんと唾を飲み込んで、マイクと呼ばれた男の人は、エイミーさんを見上げた。その顔には、既に絶望の色が浮かんでいる。

「はぁ、はぁ、はぁ……んっ、ヤ、ヤバイっす……あの数は、うちらじゃ無理っすよ」

「ちょ、ちょっと待って、ギルマス呼んでくるから」

慌ててカウンターから離れるエイミーさん。

「やはり、かなりの数だったのか」

イザーク様が、マイクと呼ばれた男に声をかける。肝心のマイクさんは、どんだけ全速力で走ってきたのか、まだ足がプルプルいっているみたいで、立ち上がれないでいる。それでも、息のほうは落ちついてきたのか、ゆっくりと話し始めた。

「は、はいっ。場所的には魔の森の表層と深部の間、どちらかというと深部寄りあたりに、オークの集落らしいものがありましたっ。でも、それが1カ所だけじゃなくて……見つけられただけで、5カ所、点在してました……もしかして……最近、魔物が減ってたのって、あいつらが弱いのを狩ってたってことなんじゃ」

マイクさんは目を大きく見開きながら、最後にそう呟いた。

エイミーさんに呼ばれてきたギルマスは、マイクさんの話に言葉もなく立ち尽くしている。おいっ！　ぼーっとしてる場合じゃないだろっ！　と、私なら怒鳴っているけど、そこは大人しくしておく。イザーク様がいるから。

2つのパーティのうち、マイクさんの所属している『疾風《しっぷう》の刃』（名前はカッコいい）は魔の森の外で待機していて、もう1つのほうは森の中を偵察しているらしい。動きがあり次第、『疾風の刃』が逐一、連絡に走るとか。なんでも、逃げ足だけは定評があるらしい。それって、評価としてはどうなんだ？　と思わないでもない。

「伝達の魔法陣を使えば、楽なんじゃないの？」

思わず言葉にする私。だって、魔術師というわけでもないイザーク様だって使えているんだし。普通にそう思うんだが、イザーク様が苦笑いしながら教えてくれた。

「あれは、王都にある魔術師学校、もしくは騎士学校のような専門的な学校で、基礎魔術の魔法陣について学ばないと、使えないんだ」

「何それ」

思わず言葉にしてしまう。もしかして、私も使えないってことだろうか。慌てて、ナビゲーションを開いて確認する。

(おう……やっぱり無いわ)

今まで、連絡したい相手とかいなかったから、考えもしなかった。目の前でやってるのを見ても、すごいって感心するだけだった自分を、お馬鹿だったと思ってしまう。

「……後で、詳しく教えてください」

「ああ、分かった」

斥候で行っている人たちは、地元の叩き上げってことなんだろう。その学校っていうのも、簡単には行けないのかもしれない。

マイクさんは『疾風の刃』の中でも足が早いってことで1番手を任されたらしい。2番手が来る前に、オクトのギルドに救援要請を出さなきゃダメではないか。

「おい、いつまでボケッとしてるんだ。さっさと、オクトに連絡を入れろ」

冷ややかなイザーク様の声に、慌てるギルマス。様にならない様子に、他の冒険者も呆れている。ギルマスの姿が見えなくなった途端、ザワザワとあちこちで声が上がる。

「しかし、今からオクトに連絡を入れたところで、移動に3日はかかるぞ」

「だいたい、オークがこっちに来るとは限らないんじゃ」

「下手にちょっかい出さないほうが……」

聞こえてきたのは、後ろ向きな発言。自分たちに力がないと自覚しているということなんだろうが、そういう問題じゃない。

「そんなことを言っているうちに、オークが大群になって襲ってくるぞ」

イザーク様の冷ややかな声に、室内は無言になり、空気もどんより重くなる。

どうしたものか、と考えていると、突然、バーンッという大きな音とともに出入り口のドアが勢いよく開いた。

「うちの孫は、どこだっ！」

怒鳴り声とともに現れたのは、私と同世代くらいのおっさん冒険者。迫力のある太い声に、完全に固まってしまう。あんな大声、初めて聞いた。あっちの世界の大声大会に出たら、絶対優勝するね、なんてことを考えていたら、こっちへノシノシと歩いてくる。その姿に、どこと

なく見覚えがある気がして、なんでだ？　と思っていたら。

「父上!?」

イザーク様が驚きの声を上げた。まさかの『父上』発言。茶色い髪に、瞳も同じような茶色。目の色は違うけど、イザーク様が年齢を重ねたら、こんな感じになるかも？　と、思わず見比べていると、その『父上』と、バッチリ目が合った。

「おおおっ！　やっと会えたぞ！」

ドドドドッという音を響かせ突進してくる『父上』に、私はビビってイザーク様の後ろに隠れてしまった。

「父上！　ミーシャを脅かすのはやめてください！」

「イザーク！　孫だぞ、孫！　ちゃんと顔を見せておくれ！」

「……あなた」

イザーク様の目の前でひざまずき、私のほうへと手を差し出す姿に、唖然としていると、冷ややかな女性の声がドアのほうから聞こえてきた。その途端、その体勢のまま、ピシリと身体が固まる『父上』。

「私にワイバーンの世話を任せて、いきなりいなくなるとは、どういうことです」

ギギギッと音をさせながら、作り笑顔で振り向く『父上』。

（……うん、完全にやらかしたね）

カツカツと足音を立てて現れたのはプラチナブロンドを高く結い上げ、大きな青い目で『父上』を睨みつけ、冒険者の服を颯爽と着こなしている美女。クールビューティーの代名詞、往年のハリウッド女優を彷彿《ほうふつ》とさせるその姿に、周囲の冒険者たちの視線が釘付けになっている。

この『父上』の奥さん、ってことなんだろうか。すごい美女。いや、美魔女、なのか？

「あ、す、すまん。アリス」

「すまん、じゃ、ありませんわ。徹夜で飛ばして、あんな風に放り出されたら、ワイバーンだって、怒りますわよ」

「いや、だがな」

「だがな、じゃ、ありませんわ」

腕を組んで、プンッと怒ってみせる美魔女。今度はその彼女とバッチリ目が合う。その途端、クールビューティーな彼女が、満面の笑みを浮かべる。綺麗すぎて、目が離せない。

気が付いたら、彼女にギュッと抱きしめられていた。冒険者って、どこか汗臭いイメージがあったのに、この女性からはフローラルな香りがして、ちょっとびっくり。

「やっと、お会いできたわね」

優しくそう言うと、彼女はゆっくりと離れて、じっくり私の顔を見つめる。こんなに近くに顔があるから、ついつい観察しちゃうよね。年齢的には私と同じくらいだろうか。イザーク様の年齢の子供がいるとは思えないくらい、若々しい。冒険者をやっているのに、このみずみずしい肌の美しさの秘訣《ひけつ》って何なのだろうか。

「あの、母上？」

頭上から聞こえたイザーク様の声に、今度は周囲からどよめきの声が上がった。

分かる。声を上げたくなる、その気持ち。


いきなり派手な2人の登場にギルド内は騒然となったけど、ギルマスの再びの登場で、すぐに静かになってしまった。皆、ギルマスが何を言い出すか、聞き耳を立てている。

ギルマスの顔色は、あまりよくない。大きく息を吐いてから、ギルマスは部屋の中にいる者、皆に聞こえるように大きな声で話を始めた。

「……オクトと連絡をとった。応援には来てくれるそうだ……しかし、やはり移動時間が問題で、早くても3日後になる」

ああ……、とか、うう……、と残念がる呻き声があちこちから湧き上がる。その様子に気付いた、私に抱きついていた美魔女が「どういうこと？」と小声で聞いてきたので、先ほどマイクさんに聞いた状況について伝えた。

「まぁ……。イザークからの手紙にも書いてあったけれど……ちょっと、まずいわねぇ」

そう言って立ち上がり、『父上』に目を向ける。『父上』もイザーク様から話を聞いたのか、軽く頷く。そして、ギルマスのほうへと目を向けた。

「ギルマス、話は聞いた」

その声に、『父上』たちの存在に気付いていなかったギルマスが、初めてそこに誰がいるのか理解して、驚きで大きな口を開けた。言葉も出ない、というやつだろう。『父上』はそのまま言葉を続ける。

「私と妻はこれでもAランクだ。それに、もうすぐ息子たちもこっちにやってくる。そうだな、たぶん、午後くらいには着くだろう。そうすれば、Aランクが4名になる。それに、こいつらも、そこそこに使えるだろう」

クイッと顎で指し示したのはオズワルドさんとカークさん。2人は、苦笑いを浮かべている。後から来るというのは末っ子の双子たちってことか。昨夜の話ではもうすぐAということだったけど、既にランクが上がっていたのか。それにしても、午後には着くって、どうやってだろう。もしかして、さっき言ってたワイバーンってやつだろうか。

「我々が先陣を切るから、撃ち漏らしたのを、ここの者たちで潰せばいい。我々だけで殲滅するのは無理でも、ある程度削ったところで、オクトの連中に最後を締めてもらえばよかろう」

「リ、リンドベル様⁉　な、なぜここに⁉」

やっとまともに声が出たギルマス。完全に裏返ってたけどね。

「孫を迎えに参った」

満面の笑みで答えた『父上』は、今度は私のほうへと目を向ける。その瞳には慈愛の情があふれていて、なんだかこっちが照れくさくなる。その視線から逃げるように、私は隣に立つ美魔女を見上げる。彼女も嬉しそうに微笑みながら、私の頭を優しく撫でている。

同世代の美魔女にされているせいか、ちょっと微妙な心境になるのは、仕方がないと思う。

「ついでにオーク狩りといこうではないか。上位種がおるなら、そいつを狩らない理由はなかろう。孫よ、うまいオーク肉を食わせてやるぞ。ガハハハ」

「さ、さすがです。リンドベル様」

豪快な『父上』の言葉に、さっきまで死にそうなくらい青ざめていたギルマスが、初恋の人に会ったかのように顔を赤らめている。いい年したおっさんのその様子は、ちょっと引くものがあった。


そして今、私たちはギルドの応接室にいる。

ギルマスがわざわざ、我々に使ってくださいというので、ありがたく使わせてもらっている。

エイミーさんが人数分のお茶を淹れてくれた後、居残りたそうなギルマスを連れて出ていってくれた。

当然その後、『結界』を使った。なにせ、身内の話なのだから。

「それにしても、ずいぶん早く着きましたね」

椅子に座って、呆れたように聞いているイザーク様。私もそう思う。昨夜、イザーク様と話した時点で、オクトにいるという話だったのだ。

「おお、お前からの伝達の鳥が来てすぐに宿を出て、ワイバーンに飛び乗ったんだ」

私の隣に座って、自慢げに話し出した『父上』こと、エドワルド・リンドベル様。年齢は私の実年齢よりも少し上の54歳。それにしたって、ずいぶんと若々しい。

ワイバーンというのは空を飛ぶ小さい竜だそうだ。竜といえば、某有名アニメの神龍みたいなのか、あるいは、西洋のドラゴン的なモノが頭に浮かぶ。それに乗って飛んでくるって、どんななんだろう？　話が落ちついたら、見せてもらえるだろうか。

そのワイバーンを貸してくれる場所は、基本的には大きな街にしかないそうだ。早さでいえば、馬よりも早いらしい。

「夜間にワイバーンを飛ばすなんて……さぞや嫌がったでしょうに。そのうえ、オクトからここまで、飛ばしても2日はかかるはずじゃ」

「あらあら、誰に向かって、そんなことを言ってるの？」

「母上……ああ、そういうことですか」

イザーク様は、何かに合点がいったのか、苦笑いを浮かべている。

私を間にして、エドワルド様の反対側に座るのは、美魔女……アリス・リンドベル様。ほぼ同い年と知って、結構、落ち込む。今は私のほうが見た目は若いけれど。

「どういうことです？」

不思議に思って隣のアリス様を見ると、にっこりと微笑む。私の頭は撫で心地がいいのか、アリス様、ずーっと撫でている気がする。

「私、こう見えて、精霊魔法の使い手なの。だからワイバーンの飛行の時には、風の精霊にお願いすると、少しだけ早く飛ぶことができるのよ」

「……少しで一日短縮とか、ありえないんですけどね」

「イザーク」

「……はいはい」

イザーク様の言い方に、ワイバーンに無理な飛び方をさせてきたんじゃないか、と想像できてしまう。後で、十分に労《ねぎら》ってあげないといけないない気がする。

私たちが応接室で話をしている間、斥候役の冒険者は誰も戻ってこなかった。それはオークたちに動きがないということなのだろうから、よかったのかもしれない。

その間、イザーク様とエドワルド様たちは、どう攻略すべきか話し合っていた。さすがに私はその中に入る知識も経験もないので、大人しくお茶を飲みながら、アリス様と話し込んでいた。同い年と分かったものだから、会話もどんどん崩れていく。

「まぁ、それじゃぁ、旦那様はお一人で」

「ええ。まぁ、こればっかりは、運命としか言えませんわ。もともと身体が弱くて、子供が産めないと言われていたので」

「さぞかし、寂しい思いをされているでしょうね」

「どうでしょう？　今頃、ペットの猫たちと楽しんでいるかもしれませんわ」

私がいなくなった分、保護猫をもらいにいってるかもしれない。あるいは、誰かいい人ができただろうか。ちょっとだけ、寂しい気持ちを思い出しそうになって、それを振り払うように、別の話題を振る。

「それよりも！　アリス様、どうやって、その美貌を保ってるの？」

「もうっ！　『様』なんて付けなくていいのよ！　これはね、トーラス帝国でも有名なエデ商会で販売しているクリームのおかげ。原材料に、ダンジョンの中でも沼地のフロアで採れるグロックの油を使ってるらしいわ」

美容談義で盛り上がろうとしていた時、部屋のドアが力強く叩かれる気配がした。私は、すぐに『結界』を外した。

「はい」

オズワルドさんがドアの手前で返事をした。

『あ、あの、パメラ・リンドベル様、ニコラス・リンドベル様と言われる方が……あっ！』

たぶん、エイミーさんの声だったと思うんだけど、言い切る前に、ドアがいきなり開いた。

「父上！　母上！」

「パメラ、ちょっと！」

現れたのは、金髪の美しい男女。２人とも顔がそっくり。まさに双子。そして、見るからにエドワルド様とアリス様の血を引いてるって分かる美しさ。

先に入ってきたパメラと呼ばれた女性と目が合った。母親譲りの青い目が大きく見開いて最初に言ったのは。

「え、父上、まさかの隠し子⁉」

「えええっ⁉」

彼女の言葉に驚きの声を上げたのは、後から入ってきた、金髪に茶色い瞳の男性。

いやいや、私のほうが叫びたいよ。

「そんなわけがあるかっ」

「あら、私の隠し子ってことは考えないの？」

「ありえないから」

「ありえないから」

エドワルド様は思いっきり否定したのに、アリス様、自分の子供を煽ってどうする。だけど、さすが双子。そっくりな冷静な顔で、息ピッタリに否定している。その様が、ちょっとツボにはまって、私は思わず「ぷっ」と吹き出してしまった。

「ミーシャまで、ひどいわ」

「あは、ごめんなさい」

かわいく拗ねるあたり、全然、年相応じゃないけれど、許せてしまう。羨ましいかぎりだ。部屋の中が、辺境伯夫妻を除く、リンドベル家勢揃いという感じになってしまった。そこそこ広いはずの応接室なのに、私を除く全員背が大きいので、圧迫感がすごい。

本来なら、オーク討伐の話題で殺伐としそうなのに、なぜだか、この人たちがいると、大したことないって思えるのが不思議だ。

先ほどの話し合いに加わったのはパメラ様。彼女、きっと脳筋タイプだ。一方でニコラス様は、私とアリス様に加わって、ほのぼのしながらお茶を飲んでいる。

　話を聞いてみると、パメラ様が剣士で、ニコラス様のほうはアリス様の力を引き継いだようで、精霊魔法が使えるのだとか。もしかして、ニコラス様たちも風の精霊とかにお願いしたってことなんだろうか。

「うん、その通り。父上たちからオクトにいるっていう伝達の鳥が来た時点で、もともとオクトに向かうワイバーンには乗ってたんだけどね。なにせ、警護クエストで国を出てた僕たちに、国元にいた父上から訳の分かんない手紙が届いてたもんだからさ。早いとこ、話を聞いてスッキリさせたほうがいいって、パメラが言い出してね」

　なんかそういうこと言いそう。パメラ様。話し合っている様子にチラリと目を向けると、イザーク様たちにも負けずに……というか、むしろ押している感じで話している。

　そもそも、調教されたワイバーン自体、そんなに数はいないらしい。だから、料金も割高なんだとか。普通は、別に操縦する人がいるそうなんだけど、パメラ様もニコラス様も、どちらも操縦できるから、2人で1匹に乗ってきたそうだ。

　当然、ニコラス様も精霊魔法で、風の精霊にお願いして飛ばしたけれど、タイミング悪く、2人がオクトに着いた時には、入れ違いでエドワルド様たちが飛び立った後だった。

　さすがに、王都から飛び続けていたワイバーンに、再度乗るわけにもいかなくて、その街の新しいワイバーンに乗り換えるのに手間取ったそうだ。その間にエドワルド様から、今回の移動先の街の指定が届いたので、追いかけてきたそうだ。

「まさか、父上や母上が、孫、孫と大騒ぎしてるとは思わなかったよ」

「まぁ、ニコラス、こんなかわいらしい姪《めい》ができたのよ、嬉しくはないの？」

「……あー、いや、なんで、この子が姪になるっていう詳しい話を聞いてないんだけど」

エドワルド様とアリス様だけが盛り上がっていて、そこのところをちゃんと話していなかった模様。私はアリス様と目を合わせて苦笑いを浮かべる。それなら、とアリス様がニコラス様に説明しようとした時、再び、ドアが激しく叩かれた。

『リンドベル様っ！　斥候の第２陣がっ』

エイミーさんの悲痛な声。

「……動きがあったようですね」

「ふむ。やはり、オクトを待っていては埒《らち》が明かないか」

「まぁ、オークの集団など、私たちでなんとかなりましょう」

自信満々のパメラ様の言葉を誰も否定しない。むしろ、余裕すら感じる。

……本当に大丈夫なのだろうか。

◆◇◆◇◆

嫁のジーナが妊娠したという話を聞いたのは、トーラス帝国の南の辺境にいた時だった。長男からの伝達の青い鳥で短い手紙が届き、妻のアリスと小躍りしたものだった。

トーラス帝国の南の辺境には、鉱山タイプのダンジョンが存在する。いい機会だからと、私たち2人は、昔からの友人であるドワーフのモリソンとともに潜り込んだ。そこで嫁のために、癒しの力があると言われている鉱石、ラピスラズリを探すために。

しかし、攻撃や魔法の補助をする鉱石はいくらでも出てきたのだが、肝心のラピスラズリが出てこない。こればかりは運としか言えない。

何度目かの挑戦の後、今回も見つけられなかったと肩を落としてダンジョンから出てきたところに、再び長男からの伝達の青い鳥が届いた。

――待望の孫が、流れてしまったと。

なんとか出産に間に合うようにと思っていたのだが、我々の願いは叶わなかった。

アリスはダンジョンの入口で膝から崩れ落ちるように倒れ、号泣した。私も悔しさのあまり唇を噛みしめすぎて血を流し、涙を堪えた。

手紙には、ジーナが産後の肥立《ひだ》ちが悪い、できるだけ早く戻ってきてほしいと書いてあったが、それならばやはり癒しの鉱石を見つけなければと、再度ダンジョンに潜ることにした。

この時ばかりは神が味方したのか、立派なサイズの美しく青く光るラピスラズリを見つけて採ることができた。


ダンジョンを出て街中の宝石商へと鉱石を持ち込み、指輪とネックレスを依頼した。

なるだけ早く、という依頼に宝石商はいい顔をしなかったが、他の鉱石をバラバラとテーブルに広げて見せた途端、大喜びで承諾した。

3日後には、素晴らしい出来の指輪とネックレスを受け取り、帝都へと向かった。ジーナを労《いた》わるためにも、できるだけ早く戻ろうと、転移の間を利用させてもらうつもりでいた。辺境伯を長男に引き継いだものの、A級冒険者として活動していることもあり、国王自身から、転移の間を利用する許可をいただいている。今までほとんど使うことはなかったが、この機会に使わせてもらうことにしたのだ。

おかげで、通常なら1カ月以上かかる移動に、2週間かからずに領地へと戻ることができた。

戻ってみると、ベッドに入ってはいるものの、ジーナは思ったよりも元気そうで安心したのもつかの間。

「お義父様、お義母様！　娘が生きておりましたのっ！」

予想外の言葉に、正直困惑した。長男へ目を向けると、困ったような、しかし、嬉しそうな顔をしている。改めて、長男の話を聞いてみた。

曰く、アルム神様により転生するはずだった魂が、シャトルワースの者により強引に召喚させられてしまったこと。

曰く、城に囚われていたのを一人で脱出したようだ、ということ。

曰く、イザークが今、まさに彼女を追ってくれているとのこと。

半信半疑で話を聞いていると、ベッドの脇のサイドテーブルから、ジーナが嬉しそうに小さな手鏡を取り出し、その鏡を見て「まぁっ！」と驚きの声を上げた。何事かと思うと、彼女が私たちに鏡の面を見せる。

それはただの手鏡ではなかった。鏡には、私の顔ではなく、小柄な少年がイザークと話をしている様子が映し出されていた。まさか、トーラス帝国の国宝『遠見の鏡』!?

「追いついたようだな」

「よかった……これで、少しは安心ね」

2人の嬉しそうな顔と、手鏡に映し出されている少年の姿に困惑する。

「おい、これはどういうことだ」

「アルム神様から賜ったものですわ」

手鏡を抱きしめながら微笑むジーナ。私もアリスも、彼女の言葉に、どう答えていいのか分からず、言葉にならない。

「あなた、イザークの顔、ご覧になった？」

「ああ、まさか、あいつがこんな顔をするとはな」

「フフフ、もしかしたら、もしかするのかしら？」

2人は楽し気に話しているが、相手は少年ではないのか？　まさか、あいつ、そっちの気が、などと考えて難しい顔で2人を見つめていると、ジーナがおかしそうにクスクスと笑う。

「お義父様、こう見えて、ちゃんと女の子なんですよ」

「なんだと」

「髪が短いのは痛々しいですが、彼女はれっきとした女性なんですよ」

息子たちの言葉に、唖然とすると同時に、年端も行かない女の子の髪を、このように短く切った者に怒りを覚えた。

「ああ、早く会いたいわ」

目に涙を浮かべながら、鏡を見つめ、撫でるジーナ。そんな彼女の肩を大事に抱く息子の姿に、私とアリスは目を合わせ、大きく頷いた。

「では、我々もその娘を迎えに行こうではないか」

「そうね、私も直接、孫の顔を見たいしね」

「お、お義母様」

「ま、待ってください。まずはイザークからの連絡をもらわねば、どこに向かっているのかすら分かりませんから」

「ああ、そうかっ、アハハハハ」

呆れたような息子に、思わず笑いが出る。

「なぁに、大丈夫だ、ジーナ。イザークだけではない、リンドベル家全員で、あの子を守るからな」

ジーナの言葉を全て信じたわけではない。しかし、見せられたあの鏡、そして、それによって生きる気力を持った彼女の様子を見れば、我々がすべきことは明らかだ。

翌朝、イザークの伝達の青い鳥から情報がもたらされ、私たちの向かう先が決まった。

——オムダル王国。

末の双子たちも、警護依頼を受けて向かっていたはず。我々の都合のいいように進むことに、アルム神様の思惑を邪推してしまう。それでも。

「アルム神様のご加護がありますように」

私たち夫婦は、真っ青な空に向かって祈った。

6章　家までの道のりと、夫婦の幸せ

今、私は温かい木漏れ日に目を細めながら、森の中の街道を進んでいる。当然、レヴィエスタ王国との国境に向かう道だ。

私とともに馬に乗っているのは、イザーク様。その前後を挟むように、前辺境伯夫妻、双子、そしてオズワルドさんとカークさんが殿《しんがり》を務めている。前辺境伯夫人、アリス様から差し出されたドライフルーツ（リンゴかな？）を受け取り、むしゃむしゃと食《は》む。平和っていいなぁ、と思いながら、ふと、一昨日の出来事を思い出し、つい、遠い目になった。

結論としてリンドベル一家は、こともなくオークの集団を殲滅してしまった。ギルマスを含め、ギルドの面々が、あんなに散々緊張して、もうダメ、みたいに悲観していたのに。

――魔物よりも化け物って、すごすぎるでしょ。

第2陣でやってきた斥候役の冒険者の言葉を最後まで聞くこともなく、さっさと出かけようとするリンドベル一家。私も同行するのは決定事項だった。置いていくつもりはないと。置いていかれても、ジッと『結界』を張って待つしかないから、連れてってもらっても何ら変わりはない。

イザーク様に『身体強化』の魔法はかけなくていいのか、とこっそりと聞いた。イザーク様も忘れていたみたいで、街を出て魔の森の近くに来てから、家族全員（オズワルドさんたちも含む）にかけた。忘れるってことは、なくてもなんとかなるってことだったんだろう。皆、びっくりしてたけど、同時に感謝もされて、少しくすぐったい気持ちになった。

私たちから少し遅れて、案内するはずだった斥候役の冒険者や、撃ち漏らしたのを殲滅してもらうための冒険者たちもついてきていた。だけど、彼らにまで魔法をかけてしまうと、後々、問題（私の身バレとか）が起きそうなので、内心、ごめんね、と謝りながらも、魔法をかけるのを我慢した。撃ち漏らしさえしなければ、いいのだから。

結局、最初の斥候役から聞いた話の通り、５カ所の小さな集落と、その奥に大規模な集落があるのが分かった。私の地図情報拡大版にも、真っ赤なのが表示されていたし、もう、オークのほうは、やる気満々だったんだと思う。

リンドベル一家は夫婦、双子、私たちの3チームに分かれて、集落を襲撃したんだけど、瞬殺。『身体強化』万歳。案の定、撃ち漏らしもゼロ。

大規模な集落は、全員で、となった。そんな中、私も結界を張りながら、魔法の練習も兼ねて、色々試し打ちをした。さすがに近距離で攻撃する勇気はなかった（というか、無理）から、『エアカッター』だとか、『ウォーターカッター』みたいな切る系と、『アイスアロー』や『ストーンバレット』のような撃つ系のを試してみた。

……距離って大事って、しみじみ思った。

最初に追いかけられた時は必死だったから考えもしなかったけれど、人型の魔物を攻撃することへの躊躇《ちゅうちょ》みたいなものがあるかもしれないと思っていた。でも、こうして殲滅にきてみて、意外にも冷静な自分がいた。血の匂いには、少しだけ辟易《へきえき》したけれど。

あんな討伐後なのに、焼肉パーティは、思っていた以上に美味しかった。特に、オークキングのお肉が。

オークの集落の後始末はギルドに任せ、精算だけして、さっさと街を出た私たち。最後まで引き留めようとしていたのは、ちょっと使えなかったギルマス。エドワルド様に昔世話になったと言うから、本人に覚えているか聞いたら、全然覚えていなかった。その点は、少しだけかわいそうに思った。

急いでリンドベル領に向かうために、ワイバーンだったら、すぐに到着しそうだと思ったのだけど、実は法律的に国境を越えられないらしく（緊急事態のみ）、馬でレヴィエスタ王国に向かうことになった。私のことを気遣ってか、だいぶスローペースで進んでいる。

召喚された王城から一人で逃げ出した頃のことを考えると、今は一緒にいてくれる人たちの、なんと多いことか。こうして守ってくださっていることの、ありがたみを痛感する。

ただ難点を言うならば。

「ミーシャ、今度はじいじと一緒に馬に乗ろう」

「いえいえ、父上、今度こそ、私です」

「パメラ、何を言ってるの？　ミーシャ、おばあちゃんのところにね」

「父上も母上も……ミーシャが困ってるでしょうに」

……休憩が終わると、誰の馬に乗るかで、家族の中で争奪戦が繰り広げられるのだ。ニコラス様だけが、常識人らしいことを言っているが、誰も相手にしていない。そのたびに、私の中の何かがゴリゴリと削られていく気がする。

エドワルド様もアリス様も、私とほぼ同世代なのに、『じいじ』とか『おばあちゃん』とか言わないでほしい。確かに、私が転生していたら『じいじ』や『おばあちゃん』だったんだろうけれど。

「ほら、ミーシャ、おいで」

そう言って私を軽々と抱え上げるのは、安定のイザーク様。

「イザーク！」

「もうっ！」

「兄上ばっかり！」

私は虚ろな笑いを浮かべながら、諦め半分で抱えられていく。イザーク様なら私も慣れているし、最終的に誰も文句を言わない。それでも次こそは、と鼻息荒く馬に乗る面々。そんなに一緒に乗りたいものなのだろうか。

街を出る前の夜に、双子にもちゃんと説明しているんだが。中身は47歳のおばさんだと、エドワルド様もアリス様も、分かっているはずなのに。

愛玩動物《ペット》扱いに慣れていない私なのであった。

町を出てのんびりと進み2日目の夕方、レヴィエスタ王国との国境にある砦が目に見えてきた。シャトルワース王国との国境と違うところは、この国境の砦は、レヴィエスタ王国とオムダル王国の共同で管理されていること。だから国旗が2種類掲げられているのだそうだ。

「我が国とオムダルは友好関係にあるからな」

「そうなんですか?」

馬を隣に並べたエドワルド様が楽し気に話し始める。

「ああ。今の国王、アレンノード二世様の正妃、メリリアーヌ様は、オムダル王室から輿入《こしい》れされた方なのだ」

「ほう……政略結婚ですか」

「まぁ、対外的にはそう見えるかもしれんが、お2人は幼馴染でな。一時、オムダルが荒れた時、まだお小さいメリリアーヌ様を、我が国でお預かりしていたことがあるのだ。その時にお2人は出会われて、そのまま恋に落ちてしまわれたのよ」

エドワルド様の話は、(他人の)恋愛話が大好きなおばちゃんには、たまらん話。それは、同じように国境を越えるために並び始めていた人々も同様だったようで。

「そうそう、まだまだお子様だったアレンノード様が、オムダルに乗り込んでなぁ」

「姫をそのまま自分の婚約者にと申し込んできたそうな」

「なんでも、暗殺されそうにもなったそうで、返り討ちにしたとかいう話もあったな」

「まさか、お子様には無理だろ。護衛の騎士か何かじゃないか」

「その意気を認められたのか、あっさり決まったらしいな」

「ああ、あの当時は国中で祭りになったって、うちの親父も言ってたわ」

行商人らしきおじさんたちと、子連れの家族の中の若い父親らしき人が、エドワルド様の話に被せてきた。それを嫌がりもせず、エドワルド様も一緒に話し出す。

「アレンノード二世様は、もう一方の隣国、シャトルワースを引き合いに出して『いつまでも国がごたついてると、あいつらが狙ってくるぞ』と脅してな。『自分と婚約して相互防衛条約を締結すれば、いざという時には駆けつけてやる』と言い放ってなぁ」

ガハハと笑い飛ばすエドワルド様に、周囲の視線が集まる。皆、エドワルド様の話に驚いている。まるでその場にいたみたいに話しているのだ。実際、いても、おかしくなさそうだ。

その中でも、行商人のリーダーっぽいおじいさんが、勇気を振り絞って、声をかけてきた。

「あ、あの……失礼ですが……お名前を伺っても……」

「ん？　私か？」

「あ、はい」

「エドワルド・リンドベルだが」

にっこりと笑って返すエドワルド様に、周囲の空気が固まった。続いて周囲の人たちが、叫んだり、ひざまずいたり、大騒ぎになってしまった。私は周りの様子に、びっくりしてしまう。

「参ったなぁ」

「参ったじゃありませんよ。ああ、門のほうから衛兵たちが」

「おいっ！　どうしたっ！」

呑気なエドワルド様に、苛立たしそうなイザーク様。衛兵の怒鳴り声に、面倒なことにならないといいんだけどなぁ、と思ってしまった。

日が落ちる前に、とりあえず無事に砦の入口に着いた私たち。最初のうちは高圧的だった衛兵たちも、相手がエドワルド様だと分かると一変、見事に腰が低くなって、慌てて砦に戻っていった。前辺境伯、すごい。

夕日が街を赤くする中、皆、馬から降りて、ゆっくりと進む。エドワルド様とアリス様は堂々と、双子は賑やかに、そしてイザーク様を含め私たちも、和やかに。

そして門を越えたところで、イザーク様が優しく話しかけてきた。

「ようこそ、レヴィエスタ王国へ」

「あっ」

——そうだ。

——ようやく。ようやく、リンドベル領のあるレヴィエスタ王国に入ることができたんだ。

そう思ったら、感無量で声にならない。隣に並ぶイザーク様を見上げると、にっこりと微笑みかけられ、私も肩の力がストンと抜けた。

そんな私の頭を優しく撫でるイザーク様。中身はおばちゃんと分かっていても、この人は撫で続けるのだろう。つい、苦笑いを浮かべてしまう。

シャトルワース王国から無事に脱け出したとはいえ、隣国のオムダル王国にいる間は、まだ追いかけられている気がしていた。国境で追いかけられたのは、ある意味、トラウマになっている。イザーク様たちと4人で逃げていても、どこか不安に感じていたのだ。

だけど、こうしてエドワルド様たちも加えて大所帯で、それもレヴィエスタ王国に入国できた。まだゴールではないとはいえ、だいぶホッとしたのだと思う。

ゆっくりと砦の町の中を進んでいると、一際《ひときわ》大きな屋敷から、ぞろぞろと集団で人が出てきた。複数の部下らしき人たちを後ろに連れて現れたのは、丸々と太った、壮年の男性。もじゃもじゃの長い髪を一つに束ね、髭をたっぷりとたくわえた彼は、遠目にも不機嫌そうな顔に見える。着ている服は立派そうだから、ああ見えて貴族なんだろうか。

立派な鎧を着て大きな斧とかハンマーを持ってたら、昔見た映画に出てきたドワーフそのもの。ついつい、興味津々で見ていたら、ギョロリと大きな瞳が私に向けられた。視線がバチリと合ったけれど、すぐに外されて、エドワルド様のほうへと向けられる。途端にドワーフさん(仮)は、嬉しそうな顔で大きな声で話しかけてきた。

「おお！　エドワルド！　久しぶりではないかっ！」

「なんだ、ハリーじゃないか。なぜ、こっちに」

「まぁ、ちょっと野暮《やぼ》用でな。そしたら、衛兵から、お前の名前が出てきたもんだからよ。慌てて確認に出てみれば……まさかの本人とはな！」

ガハハ、と高笑いをするドワーフさん(仮)改め、ハリー様。どうも、エドワルド様のお知り合いのようだ。聞くところによると、リンドベル領の隣である、この砦を管轄しているエンロイド伯爵という人らしい。やっぱりあの服装は、貴族の格好で正しかったようだ。同じ貴族でも、エドワルド様たちみたいな冒険者とは、やっぱり違うんだな、と実感する。

親し気に話をしてハグをしあう2人。身長差ありなのに、なぜか絵になる。映画にもこんなワンシーンがありそうだ。

そして再び、ハリー様は私のほうへと目を向けるが、ハリー様はそのままエドワルド様へと、訝し気に声をかける。

「おい、このちっこいのは……」

「おお！　よくぞ聞いてくれた！　実は、うちの……」

「父上、ここでは」

「お、おお、そうであったな」

嬉しそうに話し出そうとしたエドワルド様だが、イザーク様の冷ややかな声に、言葉が詰まる。周囲には、多くの人の目がありすぎる。

「なんだ、なんだ……お、おお!?　よくよく見れば、アリスに双子もいるではないか。リンドベル家勢揃いか、豪華だな」

「ハリー、お久しぶり。ここで止まっていると、他の皆に迷惑でしょう」

「おう、そうであったな。では、わしの屋敷に案内しよう」

アリス様の言葉に、頬を染めながら答えるハリー様。人妻になっても、男たちを惑わす美魔女。罪作りだな、アリス様。

私たちはぞろぞろとハリー様の後をついていく。向かう先は、先ほど、ハリー様が出てきたお屋敷のようだ。エドワルド様とハリー様は、並んで楽しそうに話している。その後ろに立つアリス様も楽し気だ。

その様子を、同じように門から砦に入ってきた人々が目で追いかけている。レヴィエスタの国民以外の者もいるだろうに、その視線は決して嫌なものではなく、エドワルド様たちに対する信頼や尊敬のようなものが感じられる。リンドベルという家が、どれだけ認められているか、というのをまざまざと見せつけられたようで、身内のようで身内でない私も、なんだか、自分のことのように誇らしく感じる。

……しかし、どこにでも、不満分子というのはいるもので。

いつの間にか悪意に反応して、自動で立ち上がるようになってしまった地図情報の画面で、ハリー様たちの後ろに立つ部下の一人が、ほんのり赤くなっているのに気付いてしまった。

護衛かと思ったが、剣を下げていないところを見ると、文官なのだろうか。まだ明確なものではなくとも、気を付けておくに越したことはない。私は屋敷に入るまで、その男の背中を見つめ続けた。

もう日が落ちていることもあり、これから町を出るのは危険だということで、そのまま屋敷でお世話になることになってしまった。

エドワルド様とアリス様ご夫婦、イザーク様とニコラス様、パメラ様と私、オズワルドさんとカークさん、という風にそれぞれに部屋を割り振られた。最初、屋敷の人たちは、まさか私が女性だとは思わなかったらしい。驚いた顔をされてしまった。アリス様は私も一緒にとかごねていたけど、さすがに夫婦の部屋に一緒には泊まれない。

宿屋を探さないで済んで助かったけど、こんなお貴族様の屋敷で着られるような服、私は持っていない。どうしたものか、と思っていると、パメラ様が笑いながら教えてくれた。

「そのままの格好でも気にしなくていいわよ。私だって、旅に出ている間、ドレスなんか持ち歩くわけないじゃない」

「そ、そういうものなの？」

私はアイテムボックスがあるから持ち歩けるけれど、普通の冒険者はそういうわけにもいかないようだ。それでもパメラ様は小さめなマジックバッグをお持ちらしいが、ドレスの優先順位は低いそうだ。さすが脳筋お嬢様。

「貴族相手の護衛だったりすると、まれに同席を求められる時があるわ。でも、今回の護衛は商人だったから、当然、荷物を減らす必要があって、持ってきてなどいないわ。だから、このままの格好よ。母も同じだと思うわよ。それに相手はハリーおじさまだしね」

そう言いながらも、部屋の灯りに反射してキラキラと美しく波打つ金髪を下ろして、櫛《くし》でといていている。格好は冒険者だけど、その横顔は、さすがアリス様のお嬢さんだ。あっちの世界だったら、絶対モデルとか女優さんとかになれると思う。それにしても、本物の金髪って初めて見たなぁ、などと見惚れていると。

「ミーシャ、おいで」

綺麗に髪を結い上げたパメラ様に呼ばれて近寄ると、椅子の腰かける部分をポンポンと叩いた。座れ、という意思表示。私は素直にその椅子に腰かける。

「もう……綺麗な黒髪なのに、なんで、こんなに短いの？」

ちょっと強めに櫛を通すせいで、地肌が痛気持ちいい。

「いや、あっちの世界では、女性でも髪が短い人もいるんだって。でも、少し伸びてきたかな」

前髪を指先でつまんでみる。逃亡することにかまけて、髪のことをすっかり忘れてた。召喚された当時に比べると、前髪は目にかかり、襟足《えりあし》はすっかり髪で隠れて、ちょっとだけ鬱陶《うっとう》しい。ハサミでもあれば、誰かに切ってほしいところ。だって、縛るには短すぎるし、そもそもこの世界には、髪をまとめるゴムがないのだ！

「パメラ様、ハサミあります？」

「ハサミ？　小型のナイフならあるけど」

「あー、じゃぁ、いいです」

さすがに、自分でナイフですくなんて怖いし、それ以上に、人にすいてもらう勇気はない。そういえば、この世界には美容室とか理容室みたいなものはあるんだろうか。

「まさか、髪を切る気？」

「だって、邪魔だし」

「なんてこと言うの！　女の髪は命と同じよっ」

「……（いつの時代よ……って、ここはそういう世界か）はぁ……」

「お母様も悲しむわ。綺麗な髪なのだもの。大事にしなくちゃ」

優しく撫でつけるパメラ様の声に、苦笑いするしかない。

部屋のドアがノックされ、私たちは部屋を出ると、食事をするための部屋に案内された。そこには既に、エドワルド様たちがテーブルに着いていた。

「あら、私たちが最後でしたの」

「遅れてすみません……」

そう言いながらも、余裕な感じで椅子に座るパメラ様。私はその隣、一番端っこの空いている席に、頭を下げながらこっそり座る。

執事やメイドたちからの視線が痛い。興味なのか、不信感なのか。この美形軍団の中では、平たい顔で明らかに民族すら違うのが丸分かり。だとしても、失礼じゃないか、と思う。

そんな中、エドワルド様とアリス様は、お誕生日席に座っているハリー様を間に挟んで座っていて、私たちに気付いて満面の笑みを浮かべていた。ハリー様には奥様やお身内はいらっしゃらないのか、彼以外、座っていない。

向かい側には、イザーク様とニコラス様が座っている。こうして並んでいると、髪の色が違っても、顔立ちに似たところがある。ただ、イザーク様のほうが、身体がガッチリしている。ニコラス様は細マッチョと言われるタイプだろう。どっちにしても、2人ともイケメンなのは間違いない。

肝心のハリー様は微妙な顔で私のほうを見ている。

「あの子はミーシャ。身内のような者だ。彼女のことは後で話そう。まずは、せっかく用意してくれた食事をいただこうじゃないか」

「そうね、急だったのに、ありがとう」

エドワルド様とアリス様の労わりの言葉で、メイドたちが動き出す。

それでもハリー様は納得していない様子。誰も詳しい説明をしていないんだろう。でも、どんな人がいるか分からないこの場所で、詳しい話などできるわけもない。

そんな状況の中、貴族でもなんでもない私がこの席についているのが、なんか申し訳ない。それでも、私の席と食事を用意だけはしてくれていたのだ。ありがたいというべきだろう。でも、そのジトッとした視線はやめてほしい。

食事中は、ほとんど会話らしいものがなく、せいぜい、隣に座っているパメラ様にこっそり料理のことを聞くくらい。お上品で静かな食卓っていうのも、久しぶりかもしれない。たぶん美味しい食事だったんだろうけれど、マナーに気をとられて、全然味わえなかった。

食事の後、全員が屋敷の応接室に案内された。ハリー様、ずーっと私のことが気になっているのに、誰も説明してあげないものだから、チロチロ私のほうを見てくる。エドワルド様もニヤニヤするだけ。

そして応接室に入った途端、ハリー様は我慢の限界だったのか、突如、振り向きざまに私を指さし、叫んだ。

「いいかげん、こいつのことを教えろっ！」

皆、ニヤニヤしてるけど、失礼だと思う。

結局詳しい話は、代表してエドワルド様がしてくれた。当然、人払いしたうえで、結界も張った。ハリー様は私が一人で結界を張ったのを見て、びっくりしていた。特に、防音効果が高いことに驚いていた。そこは私の危機意識の高さから、なのかもしれない。

「なんということを……シャトルワースは何を考えてるんだ」

「……おそらく、国王はご存じなかったのかもしれません。ただ、あれから約1カ月。先方にはレヴィエスタ王家のほうから、連絡が行っているかもしれませんが」

そう答えたのはイザーク様。あの時期に、同じ王城の中にいたのだから、私の知らない表の状態というのも分かるのだろう。それにしても、いつの間にレヴィエスタ王家に話を通していたのか。少しびっくりする。

一方で、エドワルド様の話を疑いもしないハリー様。それでいいのか、と思いつつ、この2人の様子からも絆《きずな》の深さを痛感する。

ハリー様は深刻な顔をしてソファから立ち上がると、私の前まで来て、片膝をついた。まるで騎士が、忠誠を誓う姿のようだ。目の前にいるのはドワーフだけど。

『聖女』ミーシャ様、知らなかったとはいえ、先ほどは誠に失礼いたしました。遠路はるばるレヴィエスタ王国にお越しいただき、感謝の言葉もございません」

「あ、あの、お気になさらず……どうぞ、お立ちになってください」

「なんとお優しいお言葉を！　不肖、ハリー・エンロイド、感激で涙があふれそうですぞ！」

その言葉通り、いかついドワーフ顔のハリー様の大きな目には、涙が浮かんでいる。なんで、そこまで、と思ったら。

「いわゆる『聖女』と呼ばれる方は、普通は市井《しせい》に現れることなんてないんだよ。だいたいが教会か、どこかの王家に囲われてしまうものなのだ」

「ああ、なんとなく分かる気が」

イザーク様の言葉に、実際、囚われて寝たきり状態だった場所にはメイドさんと、なんか偉そうな男の人しか来なかったことを思い出す。

「確か、どこの国も百年以上、『聖女召喚』など行ったことはなかったはずだがな。そもそも、今の時期、召喚自体が必要なかろうに」

「ああ、最近は、魔物も落ちついている。シャトルワースでの極端な発生事例の報告もほとんどない」

ハリー様が立ち上がって席に戻りながら、鼻息荒く憤っている。エドワルド様も、苦々しく答える。２人の言葉に、私の魂が、無駄な召喚に使われたことに対する怒りに似た思いがヒシヒシと伝わってくる。

この砦周辺は、魔の森の外縁からも少しだけ離れている。それでも、時折、魔物が現れることがあるのだとか。しかし大した回数ではなく、むしろ野生動物のほうが多いのだとか。

「あ、でも、オムダルでオークの大規模集落ができてましたよね」

「あれは、どう考えても、ギルドの怠慢だろ」

「そ、そうなんですね……」

バッサリ切り捨てるエドワルド様に、パメラ様もうんうんと頷いている。

「こまめに間引いていれば、あそこまでの規模になるはずがないの……あれ以上放置していたら、スタンピード（大挙して押し寄せること）が起こっていたかもしれないけど」

「まぁ、おかげでうまいオーク肉を山ほど手に入れられたけどね」

ニコラス様の気の抜けた発言で、場の空気が少し和む。

「とにかく、まずは無事に国に戻れたことは喜ばしい。後は、できるだけ早く、ヘリオルドとジーナの元に、ミーシャを連れて帰るだけだ」

「おお、そうだな……であれば、うちのワイバーンたちを使ってくれ」

「いいのか」

「ああ、最近、あまり乗ってやれなくてな。訓練も兼ねて、乗ってやってくれんか」

「おじさま、そっちのほうが本音でしょう？」

パメラ様の揶揄《からか》うような声に、ガハハと笑うハリー様。他の皆も、優しい笑みを浮かべている。

それなのに、外からは、正直、嫌～な気配が漂っている。というか、自動で立ち上がった地図に、いつのまにか真っ赤に変わった点が一つ、ドアの前を落ち着きなくウロウロ動いているのが見えて、実に不愉快だ。私の厳しい視線が、自然とドアのほうに向く。

それに気が付いたイザーク様も厳しい顔になり、ドアの傍に立っていたオズワルドさんに目を向ける。当然、その場にいる人々も、オズワルドさんに集中しちゃうわけで。

「ミーシャ、結界をはずしてくれ」

「……はい」

結界が消える音なんてしないから、消した後にオズワルドさんに小さく頷いて見せる。そして、オズワルドさんは勢いよくドアを開けた。

「わっ⁉」

「……何か、ご用ですか？」

男性の驚きの声が聞こえたけれど、それに対するオズワルドさんの声は、かなり冷ややか。

ドアの隙間から見えたのは、ダークブラウンの髪に細い目をした文官。周囲に美男美女の比率が高いせいか、平凡な容姿に逆にホッとしている自分がいて、内心、苦笑い。

なんとなく見覚えがあるな、と思ったら、屋敷に向かう時に、ほんのり赤かった人だ。年齢的には20代半ばくらいか。

「あ、い、いえ……たまたま通りかかっただけで」

ダウト。ずっとウロウロしてたのは知っている。言葉もそうだけれど、部屋の灯りに照らされたその顔は、血の気が引いたように真っ青。

「もしや……君は、ワクメイ子爵のところの……」

「!? は、はい……ワクメイ子爵の三男のショーン・ワクメイでございます……」

最初訝しそうだったイザーク様が、突如、何かを思い出したかのように声をかけた。ワクメイと呼ばれた男性は、作り笑いを浮かべようとして失敗したっていう顔をしている。

「イザーク殿、ワクメイと知り合いであったか」

「帝国での留学時代に。王国の学園から1カ月ほどの短期留学組がいましてね。その際に」

「ほお、たった1カ月の関わりで、よく覚えていたな。むしろ、それだけ印象に残るようなことをしでかしたか？　ワクメイ」

「え、あ、いえ、そんなことは……」

ハリー様の言葉に、オドオドと返事をするワクメイ氏。

まさかイザーク様の知り合いだったとは、予想外だけど、それでも、この人の赤い色は変わらない。私は密かに、しっかりと観察する。チラチラとイザーク様に向けられる視線には、険《けん》がある気がする。

「用がないのであれば、下がってよいぞ」

「はっ……失礼いたします……」

ドアが閉まる瞬間、やっぱり最後に見るのはイザーク様。なんか因縁でもあるんだろうか。

パタリとドアが締められて、しばらくは誰も言葉を発しない。私の地図情報には、まだ赤い点が残っているけれど、徐々に部屋から離れていった。

「……もう、いいでしょう」

私のその言葉に、皆が大きなため息を吐き出すとともに、一気に肩の力が抜ける。意外に全員、緊張していたようだ。その中で、ハリー様一人だけ、納得のいかない様子。

私は再び結界を張ると、ハリー様に簡単に説明する。私の地図情報と悪意感知のことを。

「……まさか、そんな便利なスキルをお持ちだとは」

「これのおかげで、先日のオークのことも分かったのです。本当にミーシャはすごいですよ」

ハリー様の驚きの言葉に、イザーク様がなぜか自分のことのように自慢げに話していて、私のほうが恥ずかしくなった。


翌日。まだ日が昇り切らない明け方、私たちは砦の城壁の外で、ワイバーンたちを見上げていた。

「なんか、この前見た子たちより、大きい？」

そうなのだ。この前、エドワルド様たちが乗っていたワイバーンより、一回り大きい。前の子は2人乗せたら一杯って感じだったが、この砦の子たちには3人くらいは余裕で乗れそう。

「こいつらのエサに、魔の森産の魔物肉を与えているせいでしょうな」

ハリー様が自慢げに説明してくれる。どうも、魔の森の生き物、特に魔物には多くの魔素が含まれているみたいで、ワイバーンの栄養素になっているようだ。だから、この子たちは大きいのか、と思って見上げる。そう言われると、体つきも少しゴツいかも？

「次に会うのは、王都か」

「そうだな。王にはちゃんと報告に上がらないとまずかろう」

「行く際には連絡をくれ。それに合わせてわしも行こう」

「すまんな」

「気にするな。妻と子供らに会いに行くついでだ」

背後でハリー様とエドワルド様が話している声が聞こえる。

イザーク様経由で、簡単な報告は上がっているようだけど、やっぱり、きちんと報告に行かないといけないらしい。確かに、国単位での話になるのだから、仕方がないのだろう。その証明のためにも、最終的には私自身が行かないといけないかもしれない。面倒だなぁ、と思うものの、先々、お世話になる国だ。貢献しておいたほうがいいかもしれない、と大人な私は考える。

「ミーシャ」

イザーク様の声に、我に返る。既にワイバーンに乗っているイザーク様から、差し出された大きな手。私は迷いなくその手につかまり、衛兵さんに背中を押してもらいながら、ワイバーンに跨《また》がる。周囲を見ると、馬よりも視界が高いことに気付く。

「高ッ」

思わず声が出て、後ろに座るイザーク様に笑われてしまった。ちょっとだけ恥ずかしいと思いながら、自然と自動で立ち上がる地図情報が目に入る。

気付いていたことではあったけれど、ハリー様の背後にいる、あのワクメイという文官に目がいく。私の視線に気付かないのか、ジッと睨んでいる先はやっぱりイザーク様のようだ。

昨夜の話では、ワクメイ氏は王都から派遣されてきた文官で、まだ日が浅いらしい。そもそもはハリー様の奥様の遠縁っていう紹介状もあったそうだ。仕事ぶりは悪くないそうだけど、こうもあからさまに悪意を感知しちゃうと、なんか裏があるんじゃないかと思ってしまう。

ハリー様には、気を付けるように伝えたものの、どこまで本気にとってくれるかは微妙かもしれない。まぁ、私たちはもう、この街を離れるから構わないが。

「では、また。落ち着いたら連絡する」

「ああ、気を付けてな」

エドワルド様たちのワイバーンが先にバサリと飛び立ち、私たちも後に続く。青い空に向かって勢いよく飛び立つのは、なかなかに刺激的。

「ひ、ひえぇぇぇぇっ⁉」

経験したことのない急な浮遊感に、叫んでしまったのは、仕方がないと思う。


ギリギリ日が落ちる直前まで飛び続け、空地を見つけては野営をする。それを2日繰り返して、ようやく大きな街が見えてきたのは、空が赤くなり始める頃だった。

長時間飛び続けるのは、かなりしんどかった。こういう時に、身体強化と回復の魔法があることのありがたみを痛感する。

移動距離として、思いっきりショートカットしていたのは、地図情報を見ていたので分かる。街道を使って馬で移動していたら、3、4日どころじゃ到着しなかったかもしれない。

「見えてきた……あれが、リンドベルの領都、ハイノルトだ」

耳元で囁くイザーク様の声には、悦びがあふれている。私もコクコクと頷く。街の中央部には立派な尖塔がいくつもある大きな城が見える。あそこに、リンドベル辺境伯たちがいるのだろう。

——やっと……やっと、ここまでこれた。

そう思うと、私自身も感動でじわりと目に涙が浮かんできた。

先頭を飛んでいたエドワルド様たちの乗っているワイバーンが、斜めに滑空して、その後を続々とワイバーンが続いていく。私たちの乗るワイバーンも、同じように滑空し、ハイノルトの街の中、大きな板塀に囲まれた広場に着陸した。

「エドワルド様！　お疲れ様でした！」

野太い声が広場に響く。現れたのは、まるで山賊みたいな格好の老人。その後ろには、似たような格好の若者たちが数人、少し興奮したように立っている。

「おう！　じいさん、久しぶりだな」

「はい、ご無事で何より」

エドワルド様はワイバーンから飛び降りると、一緒に乗っていたアリス様に手を差し伸べる。アリス様もエドワルド様の手を取り、軽々と飛び降りた。

「奥様もご無沙汰しております」

「フフフ、ケントさん、久しぶりね」

「相変わらず、お美しいですな。エドワルド様が羨ましい」

「まぁ。そんなことを言ってると、奥様に叱られますわよ」

「うちのカカアは、奥様大好きですから、褒められこそすれ、叱りはしますまい」

よっぽど親しいのか、ケントと呼ばれた老人とエドワルド様たちは話が盛り上がっている。その間に、私や双子たちもワイバーンから降りる。そのワイバーンの手綱を受け取っていくのは、老人の後ろにいた若者たち。

「さぁ、お城からお迎えの馬車が来ております。どうぞ、こちらへ」

「すまんな、じいさん。後でうまい酒を届けさせるからな」

「そりゃあ、ありがたい。楽しみにしておりますよ」

前辺境伯と領民との距離の近さに驚きながら、私は皆の後を追いかける。

広場の出口には、既に大きな馬車が2台並び、そのそばに美しい姿勢で立つ、まさに、ザ・執事って感じのおじさまが待ち構えていた。

「おう、セバスチャン、待たせたか」

「エドワルド様、お帰りなさいませ。それほどではございません。どうぞ、お早く」

「ああ、すまんな」

言葉少なに、皆が乗り込んでいく。エドワルド様とアリス様、双子たちで1台目、私とイザーク様たちで2台目。アリス様とパメラ様は、私が同じ馬車に乗らなかったことを、ちょっと残念そうな顔をしていたけれど、文句も言わずに乗り込んでいく。

「ここからは、そう時間はかからない。ミーシャ、もうすぐだ」

「……はい」

イザーク様の言葉に、私は小さく頷く。

いよいよ、辺境伯夫妻との対面だ。私は、彼らにどういう風に接したらいいのだろうか、と、期待と不安でドキドキしている。ここにいる人たちは、すっかり私を家族扱いしてくれるけど、実際に辺境伯夫妻がどう感じるかは、予想がつかない。

そんな風に悩んでいる私の頭を、イザーク様は何も言わずに、優しく撫で続けた。


城に着いて馬車から降りてみると、ロータリーのような広いところに、すごい人数の衛兵さんやらメイドさんやらが並んで待っていた。

上空から見た時も思ったが、このお城、すごい。ヨーロッパの古城とか、実物を見たことはないんだが、まさにソレだ。うわぁ……と思って見上げながら、私はイザーク様の後をついていく。

「おかえりなさいませ！」

「おかえりなさいませっ」

揃った声の迫力に、思わず身体がビクッとなる。居酒屋のアレよりも、声がデカい。

「おう、久しぶりだな。何事もなかったか」

「はいっ！」

笑みを浮かべながら返事をしている様子からも、エドワルド様たちが慕《した》われているのが分かる。ぼんやりと、そんなことを考えていたら。

「さて、皆に、紹介しよう」

エドワルド様の嬉しそうな声に、強引に意識を戻された。皆の視線が一気に私に向いたのが分かる。

（おおお……みんな、興味津々なのは分かるけど、ちょっと怖いぞ）

おいでおいで、とエドワルド様が満面の笑みを浮かべている。イザーク様が優しく背中を押す。いきなりこの大人数に紹介されるとは。少し、ビビってしまう。

どうも表情に出ていたらしく、エドワルド様たちが心配そうな顔になってしまった。私が隣に立つと、少し声を抑えて話しかけてきた。

「ダメだったかな？」

「あ、いえ、そういうわけでは。ちょっと、大人数の前というのに慣れてなくて」

こんなの学生時代の卒業式以来だもの。なんとか笑みを浮かべてみせると、エドワルド様の大きな手が私の頭を優しく撫でる。私を挟むようにアリス様が立ち、背中に手を回す。

「大丈夫だ。皆、お前を守る者たちだから」

「そうよ。ミーシャ」

「……はい」

コクリと頷いて、正面を向く。すると、城の中から一人の男性が慌てたように足早に現れた。

20代後半くらいだろうか。背格好はイザーク様と同じくらい、か、少し低いか。線が細い感じではあるものの、立派な体格。茶色い髪に茶色い瞳、ともすると地味な印象になりそうだけど、中性的な美しい顔立ちで、十分お釣りがきそうなくらいだ。

「父上！」

「おう！　ヘリオルド！　今、戻ったぞ！」

アリス様似のその人は、私の父になるはずだった、ヘリオルド・リンドベル辺境伯、その人だった。この人が父親だったら、かなりの美女に生まれ変われていたんでは？　と、ちょっとだけ残念に思った。

「もしや……その子が？」

そんなお馬鹿なことを考えているうちに、私の存在に気付いたヘリオルド様。大きく目を見開いて私をジッと見つめる。エドワルド様は、気遣うように答える。

「そうだ。お前たちが待ち望んでいた子だよ」

「ああ、神よ！　感謝いたします！」

そう叫ぶように言うと、私の前に跪《ひざまず》く。こんな美男が目の前にくるとか、びっくりしすぎて固まってしまった。

ヘリオルド様は私の手をとり、ギュッと握りしめた。

「待っていたよ。ぜひ、妻に、ジーナに会ってやってくれ」

「は、はい……」

結局、その場で私の紹介をされることはなく、さっさと城の中へと案内されることになった。

お城、といっても、王都にあったような煌《きら》びやかなものとは違って、武骨な感じ。まさに戦《いくさ》のために造られた、『質実剛健』という言葉がよく似合う城だ。魔の森の近くであり、シャトルワース王国との国境を挟んだところにある場所だけに、そういったものになるのも当たり前かもしれない。

どんどんと進んでいく皆の後について歩きながら、キョロキョロと周りを見回す。通りすがりのメイドさんや衛兵さんは、ピシッと止まっては会釈するを繰り返す。

案内された部屋のドアを開け、温かみのある色合いのリビングを通り、その奥の寝室のドアをヘリオルド様は躊躇なく開けた。その途端、少し薬臭い匂いが漂ってくる。

「ジーナ……ジーナ」

ヘリオルド様は、声を抑えながら、ベッドで眠っている女性を起こそうとしている。

部屋に入ってみると、カーテンの開いた窓から、夕日のオレンジ色の光が差し込み、ベッドに横たわっている女性を照らしていた。波打つ金髪が夕日に反射してキラリと光る。彫りの深い美しい寝顔が、やつれて見える。ずいぶんと深く眠っているのか、軽い寝息をたてたまま、起きる気配がない。

エドワルド様の話では、だいぶ元気になっていた、ということだったけれど、今、目の前で横たわってる姿は、全然『元気』には見えない。

産後2、3週間くらいは身体を休めたほうがいいというのは聞いたことがある。しかし、既に1カ月はすぎている。いわゆる、産後の肥立ちが悪いのだろうか。それとも、私のことを不安に思いながら待つのがストレスだったのか。少しだけ申し訳ない気持ちになる。

「ヘリオルド様、どうか、そのまま」

「しかし」

無理に起こそうとしているヘリオルド様を諌める。悔しそうな顔をするヘリオルド様。美しい人はどんな顔をしても美しい。

「ヘリオルド、何やらジーナは、前に会った時よりもやつれてはいないか？」

不審そうに聞いたのはエドワルド様。その言葉に、やっぱり、と思う。

「はい……父上たちが城をたった時は、だいぶよかったのです。ベッドから起き上がり、部屋の中をゆっくりと歩き回るくらいにまで回復していたのですが。この子が城へ向かっていると知って、どれだけ喜んでいたことか……」

「あの、いつ頃からこの状態に？」

「そうだな……義理の妹たちが見舞いに来た夜からだろうか。あれは確か、1週間ほど前だったか。本人ははしゃぎすぎたようだと言ってたんだが」

心配そうな顔でジーナ様を見つめるヘリオルド様。

「ジーナは君に……ミーシャに会うのを、それはそれは楽しみにしていたんだよ」

泣きそうな顔でそう話すヘリオルド様。

私は、皆に背中を押されて、自然とジーナ様のベッドの脇へと進む。近くにきてみて気付く。なんだろう。薬臭いだけではなく、なんか黴《かび》臭い気がする。だが誰もそれを気にしていない様子。それが普通なのだろうか。

よくよく見てみると、なぜだか、ジーナ様の首にぽわぽわと黒い埃のようなものが、まるで細い首輪のようにまとわりついているように見えた。今までこんなものを見たことがなかっただけに、首を傾げる。つい、無意識に、ジーナ様の首に手を伸ばしていた。

「ミーシャ？」

ヘリオルド様が、訝し気に私に声をかけた。そこで、ハッとして、手を引っ込める。

「す、すみません……ちょっと気になって」

「……何がだい？」

私の目線と同じにするために腰を屈めるヘリオルド様。背後にいたエドワルド様たちも、覗き込んでくる。

「あの、この首の周りって」

「首？」

「ん？　何か付いてるの？」

私たち以外で一番近くにいたエドワルド様とアリス様が覗き込んできた。

「これ、この黒っぽい埃みたいなやつ、なんですか？」

「ん？　そんなのあるか？」

「いえ、見えませんけど」

「……えぇぇ？」

(私、皆が見えないものが、見えてるの？)

もう一度、ジーナ様の首元をジーッと見るが、やはりぽわぽわ浮いている。それも、ゆっくりと渦を巻くように……ジーナ様の首を締めている!?

「ちょ、ちょっと、これ、マジで何よ!?」

慌てすぎて、素の自分が出てしまったけど、そんなことは気にしてられない。私はすぐに、ジーナ様の首に手を伸ばし、ぽわぽわの黒い埃をつかもうとした。

「あれっ？」

埃は私の指先が触れようとする前に、弾け飛ぶように霧散した。その様子に、びっくりして固まる私。

「どうしたの、ミーシャ」

アリス様も私の反応に驚いたのか、隣にしゃがみこんで私を見つめる。

「いえ、あの……ジーナ様の首に黒い埃みたいなのが、首輪みたいに巻き付いてて……それが首を締めているように見えたから手を伸ばしたんです……そしたら、触れる前に消えてしまって」

「なんだって！」

驚いた声を上げたのはヘリオルド様。しかし、私には見えていたのだ。

「ん、ん……あ、あら？」

ヘリオルド様の声の大きさに、眠っていたジーナ様が目を覚ました。戸惑うような声をあげながら、視線が私のほうへと向いて、驚いた顔になる。真っ青な青空のような瞳に、私のほうもびっくりする。

「……ミーシャ？」

少しかすれたような声で問いかけるジーナ様。先ほどまで青ざめていた顔の頬に、赤みが戻った。瞳が徐々に潤み、今にも泣きそうな顔。やつれてはいても、彼女も美人だ。

「はい。ミーシャです」

「ああっ！　アルム神様！　ありがとうございますっ！」

そう小さく叫ぶと、ジーナ様は私に向かって手を広げた。

「ミーシャ、行っておあげなさい」

「……はい」

正直、恥ずかしかった。しかし、期待されたら、それに応えてしまう大人（と書いておばちゃんと読む）な私は、ジーナ様の腕の中へとおずおずと抱き着くのだった。


その後、ジーナ様は泣き疲れたのか、また眠りについてしまった。私を強く抱きしめてきた時には、苦しくてどうしようかと思ったが、ジーナ様の思いのほか細い身体に、ひどく心配になった。

私たちは、部屋を出ると、リンドベル辺境伯の執務室へと向かう。家族全員となると、広いはずの部屋も狭苦しい。

「ミーシャは私の隣ね」

そう言ってアリス様が一人掛けのソファに私を抱き寄せながら座る。ニコニコと満足げに笑みを浮かべる様は、まるで女神様。周囲は諦め顔で苦笑いしているけれど、エドワルド様だけは、口惜しそうに文句を言った。

「アリス！　私もミーシャと座りたいのに」

「あー、エドワルド様？　お忘れかもしれませんが、こう見えて、私、いい年のおばさんなんですけどね」

「そ、それでも！　今は子供であろう？」

「……あなた」

アリス様の冷ややかな声に、ピキンッと固まるエドワルド様。かかあ天下が、夫婦が長く続く秘訣だな。私も、苦笑いするしかない。

「……ミーシャ、やはり、あなたは」

「ごめんなさい。こんな姿だけど、中身は47歳の女性なんです」

「……分かっていたことではありますが、本人から言われると、なんとも……」

ヘリオルド様は少し寂しそうに微笑む。

「それよりもミーシャ。さっき言っていたのは本当かい？」

イザーク様が真剣な顔で聞いてくる。

「はい。あれ、皆さんには見えませんでしたか？」

「うむ。私には何も見えなかった」

「ええ、私にも」

不思議に思いながらそう聞くと、エドワルド様もアリス様も否定されてしまった。

「おかしいなぁ……私には、かなりはっきり見えてたんですけど」

「……もしかして、それ、呪いの一種だったりして」

「ニコラス！」

「……呪い？」

パメラ様に叱られて、うへぇっとなっているニコラス様。しかし、まさかの『呪い』発言。それって目に見えたりするものなのだろうか。

「普通は目に見えたりなんかしないけど、もしかして、ミーシャは『聖女』だから、見えるのかなって思っただけだよ」

「え、誰も見えないの？　そういうの」

あちらの世界でも見えないけれど。そもそも呪い自体が、あやふやな存在ではあった。でも、この魔法のある世界では普通に見えるのかと思ったら、違うようだ。

「そうだな。ミーシャ以外で見ることができる可能性があるのは、高位の神官くらいかもしれない。決して多くはないがな」

イザーク様のその言葉に、それだけ貴重な存在だと言われていることに気付く。

部屋の中は重い空気で沈んでいる。まさかの『呪い』の可能性に、皆、考え込んでしまった。

「まさか、ジーナを恨むような者がいるだなんて」

「ていうか、まだ身体が落ち着いてもいない相手にすることじゃないよね」

美しいアリス様の眉間に皺がよる。パメラ様が怒りも露わにブツブツ文句を言う。

「……殺したいってことじゃない」

「ニコラス！」

私もそう思う。不謹慎だって分かっていても、そう予想する。

「でも、ミーシャが触れようとしたら、消えてしまったのだろう？」

エドワルド様に聞かれ、頷く私。確かに、触れる前に消えてしまった。ということは、呪いが消えた、ということだろうか。

「じゃあ、呪いはなくなったってこと？」

「パメラ、そう簡単な話じゃない気がするけどね」

「ニコラス！　なんで、さっきから否定的なことばっかり言うの」

「大事だろ。誰かが最悪の場合を考えていたほうが、何かが起こる前に身構えられるし」

「そうだけど！　そうだけど、そうじゃないでしょ！」

普段から仲がいい双子は、喧嘩していても、じゃれあってる風にしか見えない。

「しかし、誰がそんなこと」

「ヘリオルド兄さん、そんなの簡単じゃないか……ライラたちの誰かに決まってる」

呆れたように言うニコラス様。

「……ライラって誰？」

「ミーシャは知らないか。ジーナ義姉さんの妹の1人だよ。ジーナ義姉さんには2人の妹がいてね。どっちも母親は違うんだ。上の子がライラ、下の子がリリー。ヘリオルド兄さん、見舞いに来たのって、この2人？」

「いや、あと、従姉《いとこ》だという女性も連れてきていた」

「従姉？」

「ああ、ライラたち2人よりも年上のようだったが。名前までは覚えていないな。仕事中だったから、軽い挨拶だけしかしていないんだ」

額に手を当てながら思い出そうとしている姿は悩ましい。無自覚な色気は、罪だと思う。その姿を見ただけでピンとくる。その3人の女性たちの目的。たぶん、私とニコラス様は思考回路が一緒なのかもしれない。

「ねぇ、ニコラス様、もしかして、その義妹たちとは最近まで疎遠だったりする？」

「フフフ、『ニコラス兄様』って呼んでくれてもいいんだよ？」

いやいや、今はそんな話をしている場合では。

「えー！　だったら私は『パメラ姉様』！」

「ニコラス、パメラ、いい加減にしろ」

ほら、イザーク様に怒られた。

「あー、ミーシャ、確かに、あの2人がこの城にきたのは久しぶりかもしれないね」

「そうね。私が会ったのは2年前の学園の卒業の時かしら。ライラは学校が一緒で同級だったからね」

「そういえばそうだったね。すっかり忘れてたよ」

「あまり親しくしてなかったからよくは知らないわ」

「……まぁ、パメラならそうだろうな」

「……うるさいわね」

相性は馬鹿にできない。特に女同士は難しい。パメラ様みたいに竹を割ったような性格の女性が嫌がるということは、なかなか面倒な相手なんだろうと、想像してしまう。

私の問いかけの意味に、すぐに気付いたのはアリス様。

「まさか……あの子たちが、ジーナを？」

「私は知りませんからね、その方たちの人柄までは。でも、第三者から見たら、普通に怪しいって思うんですけど」

ドロッドロの昼ドラを散々見ていた私には、容易に想像がつく。冷たいようだけど、私は私の考えを言う。身内ってだけで、見すごせる状況ではない。

「いや、しかし……仮にも自分の姉だろう」

イザーク様は眉間に皺をよせ、私を窘《たしな》めるけど。

「甘いですねぇ……イザーク様。女はそんな単純な生き物じゃないんですよ」

「……ミーシャのその姿で言われても、説得力がないんだが」

困ったような笑顔で私に答える。その顔はなかなかなイケメン具合だが、そう言われたら、姿を変えてみせるしかない。

「アリス様、ちょっと失礼」

にっこり笑って、アリス様の席から立ち上がる。

子供の見かけでは納得いかないのなら、おばちゃんの格好になって見せようではないか。あちらの世界で一番大人しめな格好……ビジネススーツしか思い浮かばない。そもそも、この世界の女性のような格好なんか、普段からしない。

「……おお。ミーシャ、本来はそのような姿なのか……」

「まぁ……私よりも、若々しいのではなくて？」

「……ミーシャなの？」

「……すごい」

「……ミーシャなのか？」

皆の言葉に、イザーク様たち以外で見せるのは初めてだったか、と思い出す。

「ええ、すみません。ちょっと若い頃の姿ですけど」

こんなビジネススーツ……紺のジャケットに膝丈のフレアスカートを着ていたのは、30代半ばくらいの頃だったろう。

エドワルド様たちは目を見開いて、口までぽかーんとしている。イザーク様は見慣れたのか、それほどでもない。オズワルドさんの目がキラキラしてるのは無視。

「さて。改めて。第三者の観点から、明らかに怪しい動きをしてるのは義理の妹さんたちですよね。ジーナ様が体調を崩された時期から考えても。それに、そもそも交流も多くない方が、わざわざこの城までくるなんて、何かしら企みがあると考えてもおかしくないと思うんですが」

「しかし、ジーナを苦しめる理由が」

ヘリオルド様は相変わらずお優しいというか、鈍感というか。

「……この世界のことは、まだよく分かりませんが、出産の後、産後の肥立ちが悪くて亡くなる方は多いのでは？」

「……ええ、そうね。私は、多くの子供たちに恵まれたけれど」

アリス様が悲しそうに答える。

「ジーナ様も出産直後から、あんまり芳しくなかったのではないですか？　当然、その話はご実家にも届いていたはず」

「そうね……ヘリオルドにはそんな余裕はなかったかもしれないけれど、ジーナの実家からついてきている者たちからは、すぐに連絡が行ったことでしょう」

「それを聞いて……ヘリオルド様の後妻、あるいは第二夫人……でいいのかしら？　それを夢見るのは、ありがちな話なのではないですか？」

私は頭を抱えたままのヘリオルド様を見つめる。私の言葉に反論するのなら、私の考えすぎ、といえるかもしれないが、ヘリオルド様は顔を上げることはなかった。

「……確かに、王都にいた頃から、2人にはとても懐かれてはいました……しかし、私からすれば、大事な妻の妹。そう思っていましたが……先日の来訪で感じた彼女たちの視線に、多少、『妹』とは異なるものを感じたのは事実です……」

私がおばちゃんの格好になったせいだろうか、ヘリオルド様が敬語で話し始めた。そして、何かに気付いたかのように、ハッと顔を上げる。

「それに、今思えば、従姉といっていた女性……どこかで見覚えがあったような……」

「えっ。誰よ、ヘリオルド兄様」

「……王都で会ったような……」

「セバスチャンを呼べ」

エドワルド様の怒りのこもった低い声に、オズワルドさんがすぐに動いた。

呼ばれてすぐに現れたセバスチャンさん。私の姿を見て、最初は驚いていたけれど、すぐに冷静な顔に戻る。さすが、この家の筆頭執事さんだけのことはある。

そして、ジーナ様のお見舞いに来ていた相手のことも覚えていた。

「リドリー伯爵のお嬢様で、ラヴィニア様です」

「は？　なぜ、彼女が？」

ヘリオルド様の知り合いだったのだろうか。びっくりした顔をしている。驚いているのは彼だけではなかった。エドワルド様も一瞬固まりはしたけど、すぐにセバスチャンさんに確認する。

「あそこは、ジーナの実家と何か血縁関係などあったか？」

「いえ、ジーナ様のご実家のボイド子爵家とはご縁はなかったかと……」

「ちょっと待って」

2人の確認の言葉を遮ったのは、アリス様だった。

「確かに、ボイド子爵家とリドリー伯爵家の間に血縁関係はないわ。でも、ボイド子爵家の正妻のメアリー様と、リドリー伯爵家の正妻のアイラ様は、学生時代からのご学友で、社交界でも仲がいいというので有名だったわ」

さも、嫌そうな顔で話すアリス様。そんなに嫌な相手なのだろうか。聞くところによると、ジーナ様は第二夫人の娘だとか。腹違い、というだけで、悪いほうにしか想像がいかない。

「ラヴィニア様がライラたちと一緒に来ていたとなると、2人だけじゃなく3人がかりって話になるんじゃない？」

目が据わっているパメラ様。怖い、怖いよ。

「そういえば、ラヴィニア様、まだ独身だったよね。ジーナ義姉さんと同い年のはずだけど」

「……なぜだか婚約話を断ってるらしい、という噂を聞いたことがあるわ」

「ライラたちだって、もういい年だよね……って、それを言ったらパメラもだけど」

「ニコラス！　私はいいの！　冒険者やってるんだから！」

「はいはい」

冒険者をやっていれば結婚しなくていい、というわけはなかろう。しかし、末の娘だけに、エドワルド様たちもかわいいのかもしれない。まぁ、こんな美人、そのうち誰かが捕まえてくれそうだが。

「ミーシャも、ずっと我が家にいてもいいのよ？」

にっこり笑うアリス様。それは『婚約』話の流れ、だろうか。このおばちゃんの格好の私に、それを言いますか。苦笑いする私。

「それよりも、３人が見舞いに来て、何かをしていったってことでしょ。相手を呪う方法って、特別に何かあるのかしら？」

「……呪術にはあまり詳しくはありませんが」

言葉を濁しながら話し始めたのはカークさん。

「可能性としては、奥様のお部屋の中に、何かしらの痕跡が残されているのでは」

「なぜ？」

「わざわざ訪問されたということは、ジーナ様に直接触れるか、その近くにいないと発動しないような呪いなのではないかと」

「……なるほどね」

私は部屋の中を歩きながら考える。その私を皆の視線が追いかけてくる。ピタリと足を止めると、皆のほうへ鋭い視線を向ける。

「もう一度、ジーナ様の部屋へ戻りましょう」

もしかしたら、呪いは一つではないかもしれない、そんな予感がする。

再び、ジーナ様の寝ている部屋に入る。やっぱり、なんか黴臭い。薬の匂いに隠れている感じはするけど、それでも私にはその臭いが分かってしまう。

「あの、この部屋、黴臭くないですか？」

再び子供の姿に戻っている私。ジーナ様が目覚めて、大人な私を見て驚かれると、身体に障るかもしれない、と皆に言われて（特にアリス様）、戻ることにしたのだ。だから自然と見上げるように問いかけることになる。

「そうか？　私はそんな匂いはしないけれど」

「私も気にならないわ」

隣に立つイザーク様は、不思議そうな顔をしながら、今度は意識してクンクンと匂いを嗅いでいる。アリス様も真似している姿は、やっぱり親子、って感じがして、ちょっと笑ってしまう。

「ミーシャ、ジーナのそばに来てくれるかい」

ヘリオルド様も、子供の姿の私には敬語は出てこないらしい。

素直にジーナ様のそばにやってくると。

「あ、また……」

先ほどの埃ほどではないものの、やっぱり薄っすらとジーナ様の首の周りにまとわりついている埃がある。もう一度、首元へ指先を伸ばすと、すぐに埃は消え去った。

「やっぱり、どこかに何か仕掛けてるのかも。一応、消えたけど、また出てくる可能性があるわ」

「ジーナ……」

泣きそうなヘリオルド様は、ベッドの脇にしゃがみこむと、スヤスヤと眠っているジーナ様の頬を優しく撫でている。うむ。まるで昔見た、某アニメの眠り姫のワンシーンのようだ。

などと見惚れている場合ではない。

「私の浄化で、呪いってどうにかなるものかしら」

ポソリと呟いた声に反応したのは、なんと久々のナビゲーション。

『呪いの浄化は可能。光魔法『ディスペル』で解呪も可能』

(ほ？　魔法でも呪いって解けるの？)

慌てて魔法の一覧を開いてみる。

「ミ、ミーシャ、どうした？」

いきなり何もない空間で、私が手を動かし始めたから、皆びっくりしている。

「あ、ご、ごめんなさい。あの、アルム様から色々なご加護をいただいていて……ちょっと、それを使えないかなって調べてるところなんです」

「なんと……『聖女』様は、アルム神様に愛されているのですね……」

そう呟いたのはエドワルド様。いきなり『聖女』様扱いは、気持ち悪い。一応、ナビゲーションの画面では、『ディスペル』は使用可能な魔法になっている。

「魔法、使ってみてもいいですか？」

周りにいる人々に確認する。誰一人反対する者はいなく、むしろ、皆、力強く頷いた。

私は大きく息を吸い込んで、心を落ち着かせてから、ジーナ様の方へ両手を伸ばし、魔法を唱えた。

「『ディスペル』」

その言葉と同時に、ジーナ様の身体が光に包まれ……ポン、ボンッ、ドンッ、と3回、何かが破裂する音がした。

「な、何だ!?」

声を上げたのはエドワルド様。他の面々も驚きながらも周囲を見渡し、無意識に剣に手をやる姿は、なかなか様になっている。さすが、みんな冒険者。

そして、破裂音とともに、黒い煙が立ち上がっている場所が3カ所。ジーナ様の胸元、ベッド脇に置かれていた夫妻の絵姿の入っていた額、そして、窓際に置かれた大きな姿見。

オズワルドさんが急いで窓を開ける。ヘリオルド様は、慌ててジーナ様の胸元を確認しようと手を伸ばす。

「ヘリオルド、私がやります」

アリス様が青い顔をしながらジーナ様の傍へ寄る。

「母上っ」

「大丈夫、大丈夫です」

アリス様はジーナ様の胸元を見て、一瞬、息を止める。でも、すぐに大きく息を吐いた。

「ペンダントトップが、黒ずんでるわ」

ジーナ様の首からペンダントを外して、私たちのほうへと差し出したのは、ダイヤ型の小さなペンダントトップ。元はどんな色のものだったかも分からない。そして、ベッド脇の夫婦の絵姿だったものは、真ん中が真っ黒に焼け落ちている。最後の一つ……姿見のあった場所は壁が煤け……鏡自体は真っ黒になっていた。

調べてみると、それぞれに四角い紙、それも上質な白い紙だったモノの残骸が残っていた。大きさの異なる紙の中央部分、おそらく魔法陣みたいなものが描かれていたのだろうが、そこが丸く真っ黒こげになっていた。

紙の大きさで、呪いの力や意味は違ったのだろうか。彼女たちが、どこまでのことを狙っていたのかは、分からない。それでも、人を呪わば穴二つ、という。もしかして、解呪したから、今頃相手側に返されていたりして、と、ちょっと悪いことを考えてしまう。

「これが、呪いの道具なのかしら」

「しかし……ミーシャ……君はすごいな」

パメラ様は不思議そうに穴の空いた紙をしげしげと見つめる。隣に立つニコラス様も無言のまま、同じ顔で紙の裏表を確認している。そして、イザーク様の素直に感心する言葉に、照れてしまう。私というか、アルム様に与えられた能力のおかげだ。

この騒ぎにも目を覚まさないジーナ様。3つも呪いを受けながら、この程度ですんでいるあたり、ジーナ様自体も生命力が強いのだろう。それなのになかなか床上げできなかったのは、精神的なものが大きかった可能性もあるのかもしれない。

そして、少し青ざめていた顔に血の気が戻ってきている気がする。

「治癒の魔法を使っても？」

「お願いできるか」

「もちろん」

ヘリオルド様は目を真っ赤にしながら頼んできた。当然である。アルム様が、どこまで考えていたかは知らないけれど、彼女を癒すために、ここを私の目標にした気がする。

「『ヒール』」

先ほどの『ディスペル』の時とは違う、柔らかくて温かい光がジーナ様を包み込む。

ベッドに横たわるジーナ様は、もうすっかり病人のようではなく、ただ普通に眠っているだけにしか見えない。それでも、辛い思いをしただろうことは、私ですら想像がつく。

ベッドの中にいるジーナ様のお腹のあたりに手を当てる。

次はきちんと生まれてきますように。誰にも邪魔されず、この2人の元に、愛される子供が宿りますように。

あの黴臭い匂いは消え、薬臭い匂いも少し薄らいだ気がする。窓を開けて換気したせい、だけではないと思う。もしかしたら、あの黴臭さは、呪いの類の匂いなのかもしれない。

ちょっとだけ、魔力を使いすぎたのか、少し疲れた。

「ミーシャ、お疲れ様。少し、休みましょう……後は、ヘリオルドに任せてね?」

アリス様が優しく背中を撫でてくれる。

「そうですね。若い者は若い者同士、って言うし。お邪魔虫はさっさと出ていきましょうか」

「ミーシャ……その姿で言っても、変なだけだよ」

苦笑いするヘリオルド様。でも、このまま残っていたら、馬に蹴られるのは、間違いなし。

ジーナ様を見つめ続ける、幸せそうなヘリオルド様を残して、私たちは部屋を出たのだった。

外伝　従者カークの副団長回顧録

レヴィエスタ王国の近衛騎士団は、団長の下に副団長が2、3名つくことになっている。それは、国王夫妻、各王子、王女、それぞれを担当する集団に分かれているためである。

中でも、第二王子ヴィクトル様を担当しているのが、我らが主《あるじ》、いつも冷静沈着なイザーク・リンドベル近衛騎士団副団長だ。

「22歳にして、副団長を拝命されるとは！　さすが、イザーク様！　長年リンドベル辺境伯家に仕えてきた身として、この上ない誇りであるっ！」

そう言って任命式に隠れて参加して、こちらが引くほどに号泣したのは、養父ゴードン・ドライドである。

孤児院で育った私たちが引き取られたのは、現当主であるヘリオルド様がまだ幼い頃、母君のアリス様とともに孤児院へ慰問にいらした際だった。

当時、養父のゴードンは、お2人の護衛として同行していたらしい。

美しいお2人の姿に、孤児院の者たちは、皆で女神様だ、天使様だ、と大騒ぎになった。そんな中、兄のオズワルドはアリス様に、私はヘリオルド様に一目惚れしてしまった（当時、ご自身はまったく自覚していなかったが、ヘリオルド様は美少女だった。そう、男装をした少女だと勘違いしていたのだ！　私にその手の趣味はないっ！）。そんなボケッとしていた私たちの襟首をつかんで、豪快に笑った養父の姿は、今でもたやすく目に浮かんでくる。

兄と私が、初めて護衛を任されたのは、イザーク様が帝国へ留学される年だった。

トーラス帝国の帝都は当時、今よりも少しばかりキナ臭い状況であったので、兄と私、2人がついていくことになったのだ。

それまでも、イザーク様とは共に勉学や剣術の訓練に励み、そして普通に子供らしく遊んだりもしていた。これは、当時の辺境伯であったエドワルド様の方針でもあった。ただ、養父からは、イザーク様は守るべき主であると、口が酸《す》っぱくなるほどに、言い聞かせられていた。

養父に言われるまでもなく、孤児院時代、街中で見かける下位貴族たち（特に子供）の横暴さを目のあたりにしてきていただけに、リンドベル家の人々の気さくさは、普通ではないということは理解していた。

しかし、帝国の学院に行ってみると、予想以上に帝国の貴族たちの程度が低くて、兄も私も辟易した。それは貴族たちに付き従う者たちも同様だ。

男子学生は、何かといえばイザーク様に「気に入らない」と言ってちょっかいを出し、結局返り討ちにあう、ということの繰り返し。イザーク様がダメなら、と我々に八つ当たりをしてくるが、こちらも手を抜くことはない。ドライド家の家訓は『やられたら、やり返せ』なのだ。

一方の女子学生は、それでも貴族の子か、と言いたくなるような手練手管でイザーク様の寵愛を得ようと求めてくる。それを防ぐのも我々の仕事ではあったが、決して役得なことはなく、むしろ、女性に対して幻滅させられたことのほうが多かった。

当時、イザーク様には婚約者がいらしたこともあり、彼女たちをまったく相手にしていなかったが、よく、あれで女嫌いにならなかった、と思う。

ただ唯一、仲のよかったご令嬢がいた。トーラス帝国の公爵令嬢、ローラ・ブラックボーン嬢だ。彼女は既に婚約者として、帝国の第一皇子がおられることもあり、婚約者のいる者同士として、ほどよい距離で交流を持たれていた。特に勉学では互いに切磋琢磨できる相手として、色恋のようなこともなく、現在に至るまで交流を保たれている、と聞いている。

また、同じような他国からの留学生たちとも交流を深め、イザーク様の帝国での留学期間は、十分な成果をあげられたと思われる。

トーラス帝国から戻り、近衛騎士団に配属になったイザーク様は、メキメキと頭角を現わした。当時、辺境伯であられたエドワルド様が、後継をヘリオルド様を譲ったきっかけも、イザーク様の近衛騎士団での活躍であった。特に、トーラス帝国の武術大会で優勝したことが、その時期を早めたのだろう、というのが仲間内でのもっぱらの噂だった。

また、第二王子であるヴィクトル様からは絶大な信頼を受け、ヴィクトル様が外遊に出る際は、必ずイザーク様を随伴されていた。そのたびに我々も影警護を任され、よい経験をさせていただいたものだ。

そして、その随伴のおかげで、リンドベル家へ『聖女』であらせられるミーシャ様をお迎えする任につけたのは、僥倖《ぎょうこう》であったと思う。

万が一、シャトルワース王国ではなく、他国であったならば（例えばトーラス帝国など）、こうも上手く事が運んだとは思えない。ミーシャ様も、もっとご苦労をなされたはずだ。やはり、アルム神様の御心に感謝、だろう。

ただ予想外であったのは、兄、オズワルドの趣味が年上の女性である、ということである。思い返してみれば、兄の初恋の相手はアリス様。かなりお美しい方なので、年齢など関係なく、なのかと思ったのだが……そうではなかったようだ。

普段は、お子様の状態ですごされるミーシャ様。そんなミーシャ様のことを、兄は、あまり気にしている様子はなく、まれに変化された時のお姿に憧れを持っているように見受けられる。あくまで変化でのお姿なので、実際には10歳（ご本人は12歳とおっしゃっているが）のお体だというミーシャ様。兄が手を出すことはあるまいと思う。

むしろ……イザーク様のほうが危うい。

初めてミーシャ様のお姿を見た時、既にその傾向はあった。少年のような格好をされていたにもかかわらず、イザーク様は常にミーシャ様を傍らに置き、撫で、抱えていた。

——まさか少年がお好きなのか⁉

一瞬、兄とともに悩んだのだが、そちらの趣味ではないことは、今まで共にすごしてきた中での年少の部下たちとの接し方でも、分かっている。

ミーシャ様自身、困ったような顔をされても、はっきりと拒絶まではされなかったのは、中身が大人のご婦人であるからだろうか。本来なら、そこを理解してさしあげるのが、紳士というものだと思うのだが、すっかりミーシャ様の虜《とりこ》になっているイザーク様には、難しいらしい。

……イザーク様に幼女趣味があるとは思わなかった。

今後、兄ともども、イザーク様もきちんと見守らねば、と、心に強く思ったのは言うまでもない。

あとがき

私が『おばちゃん（?）聖女、我が道を行く』を書き始めたのは、本書発売予定日の約1年前、世間がコロナ禍で騒がしくなり、国からの緊急事態宣言が行われた頃のことでした。

仕事の方も勤務時間の時短の影響で家にいることが増え、時間的に余裕ができたこともあって、執筆に集中することできました。その当時は、自分の頭の中から溢れてくるイメージが止まらず、ただひたすら書きつらねていただけでした。それがここまで長編になり、出版のお話をいただくようになるとは、予想もしておりませんでした。今、こうしてあとがきを書いていても、まだ半信半疑です。手元に本が届いたところで、実感するのかもしれません。

この話を書いている中で特に意識したのは、主人公であるおばちゃんの美佐江には、若者のようなお馬鹿で勢いだけの無謀な行動はさせない、ということでした。本来、物語の展開のためには、ありえない行動力であったり、ありえない事件を起こしたり、というのが、よくあるものかと思います。しかし、私はそれが嫌だったのです。

けして飛びぬけて頭がいいわけでも、運動神経がいいわけでもない、極々普通なおばちゃん。その彼女が、運よく若返らせてもらい、おばちゃんなりに新しい世界を楽しんで生きていく話を書きたいと思ったのです。

そんなおばちゃんの彼女に、少しでも共感してくださったら嬉しいです。

残念ながら、いくつかのお話（主に閑話）を削っているので、ご興味があればＷＥＢ版の方も読んでいただければ幸いです。今のところ、美佐江には恋愛の『れ』の字もないですが、いつか、本当にいつか、それっぽい雰囲気の話が書けたらいいなと思っております。イザーク？うん、頑張れ、と心の中だけで応援しておきます。

最後に、今回書籍化に伴い、お世話になったツギクル株式会社の担当の方々、素敵なイラストを描いていただいた那流先生、大変感謝いたしております。ありがとうございました。

実川えむ

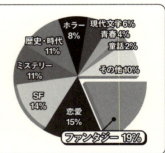

悪役令嬢は旦那様と離縁がしたい！
～好き勝手やっていたのに何故か『王太子妃の鑑』なんて呼ばれているのですが～
著 華宮ルキ
イラスト 紫藤むらさき
双葉社でコミカライズ決定！
自由気ままにやっていた私が、王太子妃の鑑!?
目指すは離縁して田舎暮らしのはずなのに…
乙女ゲーム『キャンディと聖女と神秘の薔薇』の世界で前世の記憶を取り戻したりかこは、
気づけばヒロインと敵対する悪役令嬢アナスタシアに転生していた。
記憶が戻ったタイミングはヒロインが運悪くバッドエンドを迎えた状態で、乙女ゲームの本編は終了済み。
アナスタシアは婚約者である王太子とそのまま婚姻したものの、夫婦関係は冷めきっていた。
これ幸いとばかりに王太子との離縁を決意し、将来辺境の地で田舎暮らしを満喫することを
人生の目標に設定。しばらくは自由気ままにアナスタシアのハイスペックぶりを堪能していると、
なぜか人が寄ってきて……領地経営したり、策略や陰謀に巻き込まれたり。
さらには、今までアナスタシアに興味が薄かった王太子までちょっかいを出してくるようになり、
田舎暮らしが遠のいていくのだった——。
バッドエンド後の悪役令嬢が異世界で奮闘するハッピーファンタジー、いま開幕。
定価1,320円（本体1,200円＋税10%）
ISBN978-4-8156-0854-5
ツギクルブックス
https://books.tugikuru.jp/

没落貴族の俺がハズレ(?)スキル『超器用貧乏』で大賢者と呼ばれるまで
カクヨム
書籍化作品
著 八神 凪
イラスト リッター
「器用貧乏」それはなんでも器用にこなせるけど、
どこまでも中途半端なハズレスキル？
いや、『超』器用貧乏なので
百年に一度の当たりのスキルです！
双葉社でコミカライズ決定！
不慮の事故によって死亡した三門英雄は、没落貴族の次男ラース＝アーヴィングとして異世界転生した。
前世で家族に愛されなかったラースだが、現世では両親や兄から溺愛されることに。
５歳で授かった『超器用貧乏』はハズレスキルと陰口を叩かれていたが、家族は気にしなかったので
気楽に毎日を過ごしていた。そんなある日、父が元領主だったことを知る。調査を重ねていくうちに、
現領主の罠で没落したのではないかと疑いをもったラースは、両親を領主へ戻すための行動を開始。
ハズレスキルと思われていた『超器用貧乏』もチートスキルだったことが分かり、
ラースはとんでもない事件に巻き込まれていく——。
ハズレスキル『超器用貧乏』で事件を解決していく没落貴族の奮闘記、いま開幕！
定価1,320円（本体1,200円＋税10%） ISBN978-4-8156-0855-2
ツギクルブックス
https://books.tugikuru.jp/

薬屋経営してみたら、利益が恐ろしいことになりました
～平民だからと追放された元宮廷錬金術士の物語～
著 まいか
イラスト 志田
双葉社でコミカライズ決定!
効果抜群のポーションで
行列が絶えないお店は連日大繁盛!
錬金術の才能を買われ、平民でありながら宮廷錬金術士として認められたアイラ。
錬金術を使った調合によって、日々回復薬や毒消し薬、ダークポーションやポイズンポーションなどを
精製していたが、平民を認めない第二王子によって宮廷錬金術士をクビになってしまう。
途方に暮れたアイラは、知り合いの宿屋の片隅を借りて薬屋を始めると、薬の種類と抜群の効果により、
あっという間に店は大繁盛。一方、アイラを追放した第二王子は貴族出身の宮廷錬金術士を
新たに雇い入れたが、思うような成果は現れず、徐々に窮地に追い込まれていく。
起死回生の策を練った第二王子は思わぬ行動に出て——。
追放された錬金術士が大成功を収める異世界薬屋ファンタジー、いま開幕!
定価1,320円（本体1,200円＋税10%）
ISBN978-4-8156-0852-1
ツギクルブックス
https://books.tugikuru.jp/

転生したけどチート能力を使わないで生きてみる
著✦大邦将人
イラスト✦碧 風羽
チート能力やるから使えよって、
そんなうまい話にのるかっ！
双葉社でコミカライズ決定！
神様からチート能力を授かった状態で大貴族の三男に異世界転生したアルフレードは、
ここが異世界転生した人物（使徒）を徹底的に利用しつくす世界だと気づく。
世の中に利用されることを回避したいアルフレードは、
チート能力があることを隠して生活していくことを決意。
使徒認定試験も無事クリア（落ちた）し、使徒巡礼の旅に出ると、
そこでこの世界の仕組みや使途に関する謎が徐々に明らかになっていく――。
テンプレ無視の異世界ファンタジー、ここに開幕！
定価1,320円（本体1,200円＋税10%）
ISBN978-4-8156-0693-0

普通職の異世界スローライフ
～チート（があるくせに小者）な薬剤師の無双（しない）物語～
1～2
著 仏よも
イラスト やまかわ
KADOKAWA「Comic Walker」にて
コミカライズ予定!
貴族になって
戦いたくないので（小者?）
薬を作ります!
神城大輔（36歳）は製薬会社のルート営業先の学校で、
突如、異世界召喚に巻き込まれる。気づくと、目の前には
謝罪する女神がいて、実は巻き込まれ召喚であったことが判明。
お詫びとして特別待遇を受けられると聞き、
彼が選んだ職は憧れだった「薬剤師」。
どこにでもいる普通の社会人である神城は、
激しい冒険生活など求めない。それぞれの思惑が渦巻く異世界で、
果たして平和な日常生活を送ることができるのか?
普通（じゃない）スローライフ（しない）異世界ファンタジー
定価1,320円（本体1,200円＋税10%）　ISBN978-4-8156-0589-6
ツギクルブックス
https://books.tugikuru.jp/

追放
悪役令嬢の旦那様
著／古森きり
イラスト／ゆき哉
1~2
マンガ Park
「マンガPark」（白泉社）で
©HAKUSENSHA
コミカライズ
好評連載中！
謎持ち悪役令嬢
第4回ツギクル小説大賞
大賞受賞作
規格外の旦那様と辺境ライフはじめます!!!
卒業パーティーで王太子アレファルドは、
自身の婚約者であるエラーナを突き飛ばす。
その場で婚約破棄された彼女へ手を差し伸べたのが運の尽き。
翌日には彼女と共に国外追放＆諸事情により交際0日結婚。
追放先の隣国で、のんびり牧場スローライフ！
……と、思ったけれど、どうやら彼女はちょっと変わった裏事情持ちらしい。
これは、そんな彼女の夫になった、ちょっと不運で最高に幸福な俺の話。
定価1,320円（本体1,200円＋税10%）　ISBN978-4-8156-0356-4
ツギクルブックス
https://books.tugikuru.jp/

ツギクルブックス

愛読者アンケートに回答してカバーイラストをダウンロード！


愛読者アンケートや本書に関するご意見、実川えむ先生、那流先生へのファンレターは、下記のURLまたは右のQRコードよりアクセスしてください。

アンケートにご回答いただくとカバーイラストの画像データがダウンロードできますので、壁紙などでご使用ください。

https://books.tugikuru.jp/q/202105/obachanseijo.html

本書は、「小説家になろう」（https://syosetu.com/）に掲載された作品を加筆・改稿のうえ書籍化したものです。

おばちゃん(?)聖女《せいじょ》、我《わ》が道《みち》を行《い》く
～聖女《せいじょ》として召喚《しょうかん》されたけど、お城《しろ》にはとどまりません～

2021年5月25日　初版第1刷発行

著者　実川《じつかわ》えむ

発行人　宇草 亮
発行所　ツギクル株式会社
〒106-0032　東京都港区六本木2-4-5
TEL 03-5549-1184
発売元　SBクリエイティブ株式会社
〒106-0032　東京都港区六本木2-4-5
TEL 03-5549-1201

イラスト　那流
装丁　株式会社エストール

印刷・製本　中央精版印刷株式会社

ISBN978-4-8156-0861-3
Printed in Japan